Principles
of **Logo Design**

A practical guide to creating effective
signs, symbols, and icons

LOGO 設計的不敗法則：打造極簡、有力、經典 Logo 的實用指南

Principles of **Logo Design**: A practical guide to creating effective signs, symbols, and icons

作　　　者　喬治・博庫亞（George Bokhua）
譯　　　者　李态
責 任 編 輯　張沛然

版　　　權　吳亭儀、江欣瑜
行 銷 業 務　周佑潔、林詩富、吳淑華、吳藝佳
總 編 輯　徐藍萍
總 經 理　彭之琬
事業群總經理　黃淑貞
發 行 人　何飛鵬
法 律 顧 問　元禾法律事務所　王子文律師
出　　　版　商周出版　115 台北市南港區昆陽街 16 號 4 樓
　　　　　　電話：(02) 25007008　傳真：(02)25007579
　　　　　　E-mail：bwp.service@cite.com.tw　Blog：http://bwp25007008.pixnet.net/blog
發　　　行　英屬蓋曼群島商家庭傳媒股份有限公司城邦分公司
　　　　　　115 台北市南港區昆陽街 16 號 8 樓
　　　　　　書虫客服服務專線：02-25007718　02-25007719
　　　　　　24 小時傳真服務：02-25001990　02-25001991
　　　　　　服務時間：週一至週五 9:30-12:00　13:30-17:00
　　　　　　劃撥帳號：19863813　戶名：書虫股份有限公司
　　　　　　讀者服務信箱 E-mail：service@readingclub.com.tw
香 港 發 行 所　城邦（香港）出版集團有限公司
　　　　　　香港九龍土瓜灣土瓜灣道 86 號順聯工業大廈 6 樓 A 室
　　　　　　E-mail: hkcite@biznetvigator.com　電話：(852)25086231　傳真：(852)25789337
馬 新 發 行 所　城邦（馬新）出版集團 Cite (M) Sdn Bhd
　　　　　　41, Jalan Radin Anum, Bandar Baru Sri Petaling, 57000 Kuala Lumpur, Malaysia.
　　　　　　Tel: (603) 90563833　Fax: (603) 90576622　Email: services@cite.my

印　　　刷　卡樂製版印刷事業有限公司
總 經 銷　聯合發行股份有限公司　新北市 231 新店區寶橋路 235 巷 6 弄 6 號 2 樓
　　　　　　電話：(02) 2917-8022　傳真：(02) 2911-0053

■2024 年 11 月 28 日初版　　　城邦讀書花園　　　Printed in Taiwan
　　　　　　　　　　　　　　　www.cite.com.tw
定價 520 元

Original title: *Principles of Logo Design*
© 2022 Quarto Publishing Group USA Inc.
Text and images © 2022 George Bokhua
First published in 2022 by Rockport Publishers,
an imprint of The Quarto Group,
100 Cummings Center, Suite 265-D, Beverly, MA
01915, USA.
T (978) 282-9590 F (978) 283-2742 Quarto.com
All rights reserved.

國家圖書館出版品預行編目 (CIP) 資料

Logo 設計的不敗法則：打造極簡、有力、經典 Logo 的
　實用指南 / 喬治.博庫亞 (George Bokhua) 著；李态譯
　.-- 初版 .-- 臺北市：商周出版：英屬蓋曼群島商家庭
　傳媒股份有限公司城邦分公司發行, 2024.12
　面；　公分
　譯　自：Principles of Logo design : a practical guide to
　　creating effective signs, symbols, and icons
　ISBN 978-626-390-333-3(平裝)

1.CST: 商標 2.CST: 標誌設計 3.CST: 平面設計

964.3　　　　　　　　　　　　　　　113016126

LOGO 設計的不敗法則

打造極簡、有力、經典 Logo 的
實用指南

Principles
of **Logo Design**

A practical guide to creating effective
signs, symbols, and icons

喬治·博庫亞 George Bokhua 著

李忞 譯

目次 Contents

Chapter 3
視覺要點

前言

創造新的、有意義的東西，

並不是三言兩語就能教會的簡單技藝。

在Logo設計的世界裡，確實就是這個道理。

想成為優秀的設計職人，

需要透過長年實作與實驗，慢慢養成能力。

有志精進的新手，首先得願意投入大把時間，

學習Logo設計的基本原理及相關工具。

隨著知識與經驗累積，

你會逐漸對蒐集參考資料、

製作情緒板（Mood Board）、

素描草圖等工作駕輕就熟，

學會創造精準有力的好Logo。

我們都有追求完美和簡潔的天性。這兩種原動力會驅使我們注意作品中的細節，不肯放過任何小小的不順眼。長期堅持這種「完美主義」能幫助你持續改善你的作品，不斷尋找更簡潔、更完美以及更雋永的表現形式，來傳達同樣的訊息。

我們也要練習將自然和生活景物，看成簡單的幾何造型。透過這種練習，你會開始有能力看出物體背後的結構與網格。結構與網格對了，你的構圖就對了，而一旦搞定構圖，後續設計流程就會輕輕鬆鬆，充滿創作的驚喜。

我們還要成為自豪的白日夢大師，時時在腦中尋找美麗的小形狀和構圖。你最早想到的造型，多半是日常接收的影像殘渣，這些表現素材都太過熟悉或太過平庸。但愈是往想像力的遙遠星系搜索，你愈可能撞見未被發現的形狀，正等著有人將其捕捉、描繪於紙上。

素描本和鉛筆是設計人的必備行頭。我常將它們想成衛星，圍繞著我們旋轉，伸手一抓就能拿來作畫。素描是Logo設計不可或缺的環節，也提供了讓新形狀自由發展的一些空間。有些神來一筆的好作法，唯有在自由手繪Logo時可能出現。

我們埋首思考一個設計案的期間，概念的碎片（甚至整個概念）可能在最意外的時刻浮現。一個設計師無論身在地鐵上、健身房還是咖啡廳，都要有隨時記錄靈感的準備。它們通常很快就溜走了。

攝影也是個好辦法。例如，你可用相機記下某個令人興奮的形狀、一棟吸睛的建築，或某些廣告字母構成有趣的負空間（negative space）。當你在街上散步沉思，別忽略尋常景物帶給你的視覺啟發。所有這些靈感，都有機會變成下一個設計概念。

最後，Logo設計一定要有毅力和專注力。就某方面而言，創作Logo就像雕塑一樣，慢慢鑿去較差的概念和作法，繼續琢磨較有效、較美麗的作法。向左一點點，向右一點點，增加少許元素，減去少許元素，再減去更多元素。簡而言之，這就是整個過程的核心。設計師不能做出某種效果就收手，一定要精雕細

琢到滿意為止。你在這個過程停留得愈久，做出來的**Logo**就愈完美、愈合適。

身為符號的創作人，讓我們自詡為冒險家，大膽探索未知以及過去與未來的符號世界。或許自稱為天文學家會更貼切一點：我們在想像力的星海中尋找著簡單、美麗的小小形狀，它們靜靜藏在某個角落，等待被發現、繪出並呈現在世人眼前。經過多年孜孜不倦地探索從古到今的雋永符號，或許終有一天，我們也會找到一個打動人心的符號。

11

Chapter 1
基本觀念

Logo只是Logo嗎？

當今這個時代，Logo無所不在。

生活裡的Logo彷彿天上常駐的衛星，

有些我們非常熟悉，就像每晚看見的月球，

有些則陌生遙遠，如木星的95顆衛星。

一家公司選擇的Logo，深刻影響著與消費者建立的關係。消費關係與人際關係十分類似。人們喜愛那些能喚起愉悅感、安心感、信任感和美好回憶的Logo。人們也會藉由這些門面，來決定要不要認識某公司及其產品。

市場總是隨著消費者的品味，不斷與時俱進。然而在Logo設計的學問裡，與時俱進還須保留過去的足跡。新Logo得讓老客戶感覺熟悉，又不妨礙公司邁向下個階段。這是平面設計師必須設法解決的問題。就像其他設計領域，平面設計非常講求時髦流行。

一位Logo專家，能輕鬆說出某個標誌或圖示大概創作於哪個年代。但也有些Logo能超越時代與流行，數十年來始終如一。這些Logo印在人們記憶中如此之深，彷彿Logo本身已成了招牌商品。比如美國大通銀行（Chase Bank）的Logo，啟用於1961年，儘管大部分的溝通形式都數位化了，原本的Logo卻能一直沿用至今。因為它的設計結構容易適應各種尺寸和媒介，稍稍調整就能搬到數位平台上，不減原本的清新感。

創作Logo時，我們的目標是開啟一串簡單而長久的連鎖反應。先印在名片上，然後出現在APP列表裡，接著現身在街道上、地鐵裡，在你朋友的背包一角、書籍封面某處、購物提袋一隅。無論在哪裡見到，人們總是能一眼就能認出它，無論製作成什麼形式，都讓人印象深刻，而且歷久彌新。

史前洞窟壁畫中即已出現現代Logo
設計中仍常用的基本形狀

1.618033

好的設計師不只需要許多正面特質，

還要能夠處理複雜的設計流程。

這是決定設計成敗的關鍵能力。

就像數學一樣，某些好設計其實有公式可循。

討論人類發明的抽象公式之前，讓我們先將焦點放在一個天然存在、早已被廣泛運用於設計中的數學公式，也就是斐波那契數列（Fibonacci Sequence）。當兩個數字的總和（a+b）與其中較大數字（a）的比例，正好等於較大數字（a）與較小數字（b）的比例（(a+b)：a = a：b），我們就稱這種分割為「黃金比例」。

黃金比例能在無數物體及自然現象中觀察到，從煙霧上升的裊裊螺旋，到貝殼、向日葵、松果、颶風、DNA及遙遠星系的結構。有些數字精確等於黃金比例（1.6180339），有些差一點點，但非常接近。無論如何，此數字背後顯然隱藏了某些真理。

斐波那契數列中，每個數字都是前兩個數字的總和（0、1、1、2、3、5、8、13、21⋯⋯以此類推）。前後兩個數字的比例，會逐漸逼近黃金比例，也就是大約0.618比1，或1比1.618。換句話說，每個數字約為前一個數字的1.618倍、後一個數字的0.618倍。

這串數列不光只是一些加減乘除，它是少數連不愛數學的人，都能在日常生活中愉

1.618033

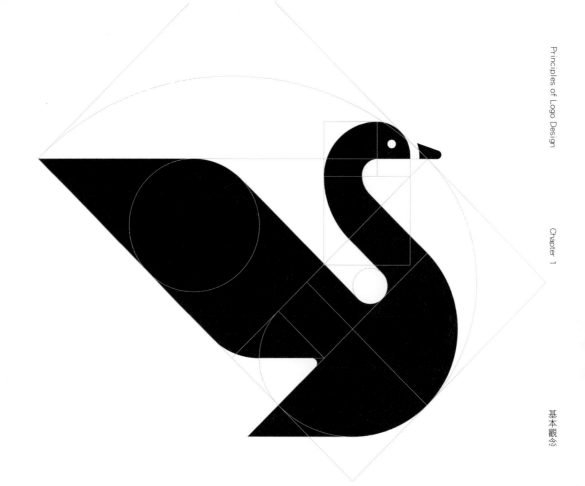

快把玩的公式。斐波那契數列可以創造出不尋常的密碼,而且你能在各種有趣的地方和場合發現它。

乍看之下,貝殼、松果、向日葵或人的手掌好像沒什麼特別。然而一旦注意黃金比例的神祕與趣味,你會開始在各種地方找到它:在你自己拍的照片中、電影裡、美術館裡、不怎麼樣的藝文沙龍裡、書封上和Logo裡。

當你尋獲完美符合或相當接近黃金比例的事物,這些東西好像都會變得比先前更好看,而且莫名其妙地更好玩。有件事聽起來誇張,卻是不爭的事實:人們有多討厭數學,就有多喜歡數字和令人開心的媒介。

以黃金螺旋為結構基礎所設計的
天鵝Logo

以黃金螺旋為結構基礎所設計的
公羊標誌

18

規則有必要嗎？

大名鼎鼎的斐波那契數列，

讓數學家、藝術家、設計家及科學家著迷了數百年。

無可否認，

自然、建築、藝術、音樂中確實存在一種黃金比例。

但斐波那契數列當然不只有粉絲，也有反對者。

在一些人眼中，

用數學方法創作藝術太冷酷、理性，也太機械化了。

運用黃金比例和斐波那契數列，提供我們一種較易理解好設計的方式。盡可能地運用它們，將之當作可貴的構圖原則。運用數學方法，再加上個人的即興發揮，可以為混亂帶來兼具理性、人性和美感的秩序。不過，數學不應凌駕於最初的造型或概念之上。如果造型感覺對了，就沒必要用數字破壞它。

「圓相」（enso，禪宗符號，一筆畫完的圓形）是
普世通用，象徵簡單、平衡、優雅的一個符號。

少即是多？

「少即是多」（less is more）的原意很簡單。

這句話最早見於羅伯・布朗寧（Robert Browning）

1855年的詩作〈安德烈亞・薩托〉（*Andrea del Sarto*），

述說的觀念即：

簡約的事物比繁雜的事物更美、更好。

如今，「少即是多」已成為處處可聞的流行語——或許有點太流行了。不過，我們也必須認識到，這句話背後的思維，也在緩緩消滅人類的某些日常習慣。舉個例子，想想當年又大又重的無線電接收機（收音機）。自從問世以來，這些機器上的許多按鈕逐漸被認為是「附加」性質，一個個移除之後，終於成了我們口袋裡的手機。機器的尺寸愈做愈小，從前五花八門的按鈕，消失在手機上三個點點的「更多」圖示裡，或層層疊疊的資料夾深處。

類似的例子每天都在增加。從德國百靈（Braun）的迪特・拉姆斯（Dieter Rams），到蘋果的史蒂夫・賈伯斯（Steve Jobs），設計師們不斷致力於化繁為簡。被視為日薄西山、過時、有缺陷的物品及內容，持續進化成更短小精悍的形態。這些改變看似無害，卻像小紅帽故事裡的大野狼一樣，外表底下未必那麼良善。

今天看起來，由現代建築大師密斯・凡德羅（Mies van der Rohe）發揚光大的這句名言，似乎風行到了擋不住的地步。某部分而言，它隱含了一種源自遠東文化的極簡主義思想，。比起歐洲文化，遠東地區更早開始盛行對自然之美與簡潔的欣賞，可以上溯至大乘佛教傳入中國和日本，並在這兩地的生活方式影響下形成中國禪宗、日本禪宗的時代。

有別於西方傳統的圖像和符號，禪宗主要運用簡單的石子、沙粒，或身旁的自然元素來表現意旨。而且呈現手法會使留下來的都是本來之物：石仍是石，沙仍是沙，沒有任何附加的事物。這種方法能幫助一個人發展出心無雜念的強大專注力。

西方文化在此方面起步較晚，但步伐相當激進劇烈。每一版的「少即是多」都以不同方式形塑了藝術取徑與流派。如今，它的涵蓋範圍已遍及所有根植於大規模生產和瘋狂工業化年代的歐洲藝術走向。尤其值得注意的，是二十世紀現代主義藝術及其主要特徵，包括反擬仿（antimimesis）、去人化（dehumanization）、偏重形式主義、碎片化和混沌等。

現代主義作家和藝術家積極尋覓新方法，試圖跳脫傳統類別及形式。他們的作品開始反映此種新的現實，卻不否認舊的現實。在調適、修改，以新方式延續舊現實的同時，他們需要簡化物體及其內涵。因此，現代主義（以及未來主義、原始主義〔primitivism〕、立體派、野獸派、達達主義、純粹主義〔purism〕等環繞現代主義的運動）總是追求簡化舊有或未發明的事物。

現代主義者的內在自由與獨特思維本身，演變成了一種新的表現形式──一種創造現實、而非反映現實的形式。與東方相似，在他們的作品中，事物回歸事物本身，沒有其他附加的意思。

極度簡化現在如此流行，還有最後一個原因，來自當前失控的大量生產和科技複製的年代。量產與複製輕輕鬆鬆滲透了一切藝術，就像水、電、瓦斯送進你我家裡那麼簡單。這種條件下，所有會被大量使用和主動使用的東西，都需要妥善規畫資源分配。而最擅長此道的，往往是能用最簡單的公式解開糾結難題的人。

現代主義設計

平面設計的現代主義時期，始於一戰後的歐洲，

受到立體派、未來主義、荷蘭風格派（de Stijl）等藝術運動影響。

此時，平面設計的主要表現工具，

變成了大膽的字體設計、原色、簡單幾何形狀以及抽象構圖。

現代主義時期，Logo設計的目標是將造型盡量簡化，

強調機能和實用性。

設計師更青睞理性的作法，勝於富含情感的作法，

訴諸普世吸引力，而非特定文化的審美觀。

現代主義者的作品，為現代Logo設計打下了穩固的基礎。他們開創了一套形式語言，其中有套代表性的元素，猶如現代主義美學的絲縷。包括波浪、條紋、星形、箭頭、方塊、排除重疊區域的原始形狀、半圓與四分之一圓以及螺旋。

今日設計師磨練技巧的同時，必須觀察和細細分析現代主義作品。小時候，我們得先學會字母才能書寫單字，了解詞義才能表達自己的點子。創作Logo也是一樣的。我們得先掌握現代主義的視覺語言，才能創作出扎實的好設計。觀察時，可留意結構、角度、構圖等元素和元素間距，以及正負空間的關係。如此練習下來，你會更理解Logo背後的系統，也更能擷取其中元素，以新鮮的視角運用在自己的設計作品中。

現代主義美學範例——簡單幾何形狀、重複

Chapter 2
Logo類型

圖案型Logo

圖案型Logo採用具有意義的圖案，

來作為品牌的主要識別標誌。

例如殼牌（Shell）、蘋果、改名前的推特、

星巴克、美國目標百貨（Target）的Logo，

都屬於圖案型。

圖案型Logo遠比其他類型的Logo更具傳播力、更容易深植人心。

圖案型Logo就像一張強大的品牌識別符號，直接描繪或隱喻了該品牌的特色。想以Logo呈現品牌在做什麼的時候，圖案型最自由多變，能以各種方式表現複雜概念。

圖案型Logo辨識度極高，因此伴隨的文字常採較中性的字體。如此可避免字體在視覺上過於搶眼，也使文字和圖案之間有對比。好的圖案型Logo，應該讓人能夠只憑圖案，就迅速認出是哪個牌子。

為不同品牌設計的圖案型Logo

單字母Logo

單字母Logo（或稱造型字母〔letterform〕），

是取一個品牌的縮寫字母，

做成概念上、風格上或精神上反映該品牌活動的造型。

例如麥當勞、臉書、特斯拉、

Airbnb、義大利球隊尤文圖斯（Juventus），

都屬於單字母Logo。

大部分單字母Logo看起來比圖案型簡潔扼要。不少金融機構與科技公司偏好此類型的Logo，而非其他類型的Logo設計。有些圖案型Logo個性太過強烈，單字母Logo則通常較為中性，也因此更具有跨時代的吸引力。

為不同品牌設計的單字母Logo　　　次頁：M字母Logo

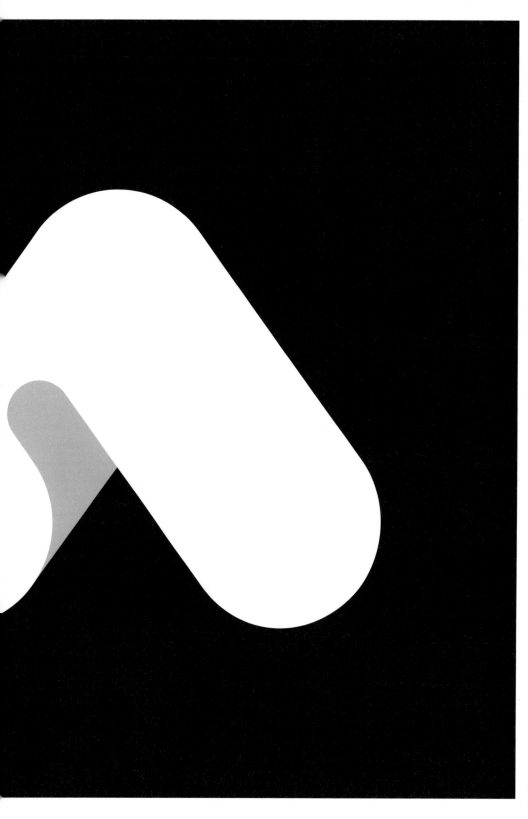

33

為不同品牌設計的抽象型Logo

抽象型Logo

抽象型Logo用模糊、主觀及暗示的方式，

將品牌理念展現在一個圖形中。

例如Nike、Adidas、大通銀行、三菱和微軟的Logo，

都屬於抽象型。

有些抽象型Logo真的非常抽象，品牌可以賦予它們特定涵義，使人們將之與品牌價值聯想在一起。典型的抽象型Logo不是呈現任何具體的物體，而是描繪某種現象。譬如Nike希望人們從他們的勾勾標誌聯想到「速度」。

有些現象，比如「交流」，可以與強烈的視覺意象相聯結；而其他現象，比如「可靠」，則很難與任何明確的視覺意象產生聯結。在這些案例中，品牌就需要賦予圖形特定意涵。舉例來說，大通銀行用四塊拼成的八角形來代表運轉不息；中間留白的方塊則像是某種動力源頭，象徵持續進步。

文字型Logo

文字型Logo純粹運用字體設計來表現品牌的獨特性，
也有人稱它為「字標」（Logotype）。
例如FedEx、Google、可口可樂、迪士尼的Logo，
都屬於文字型。

此類Logo若要成功，字體必須夠有特色，做出來的字標才會獨樹一幟。若採用中性的無襯線（sans serif）字體，則需要加進某些視覺花樣、有趣的連體，或隱藏的符號——例如FedEx標誌中的箭頭——來使Logo更有記憶點。

文字型Logo可以非常俐落乾淨。某些類型的極簡主義，能創造出幾乎平滑透明的設計美學。對B2B品牌（銷售對象為其他企業，而非一般消費者）而言，這種Logo尤其有效。想在花花綠綠的眾多行號間顯得鶴立雞群，走超極簡風準沒錯。

MEDULLA

newwave

dreem

(F$_o$)Rm$_u$La

為不同品牌設計的文字型Logo　　　次頁：用NASA字體設計的MARS標誌

Chapter 2

Logo 類型

文字型 Logo

花押字Logo

花押字（monogram）運用有創意的方式，
將品牌的兩個或更多縮寫字母組成Logo。
包括惠普科技（HP）、路易威登（LV）、
華納兄弟（WB）、福斯汽車（VW）等等。

古時候，人們會將城市名的首二字母做成花押字，刻在硬幣上。後來，王公貴族開
始將花押字用在家徽上，或作為擔保的象徵。時至今日，某些習慣以設計師姓名作
為品牌名的產業，仍偏好採用花押字Logo。時尚產業即為一例。

有些字母能組成饒富趣味的圖形，但形狀單純的字母則不易構成花押字。舉例來
說，I或L的結構就略嫌單薄。另一方面，大小寫的S、W、A經常能和其他複雜字
母搭配成有趣的Logo。

為不同品牌設計的花押字Logo

次頁：為國際無障礙專業人士協會
（IAAP）設計的花押字Logo

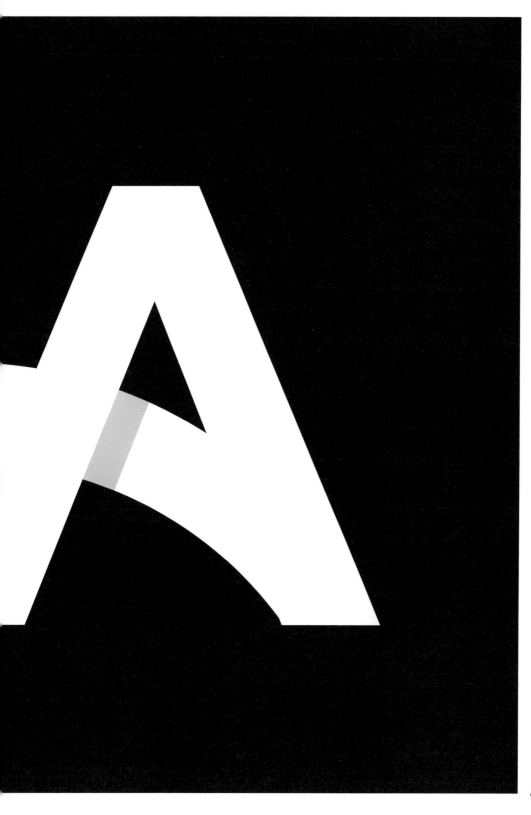

43

負空間Logo

每塊剪影周圍都有留白的區域，

這些留白區域被稱為「負空間」（negative space）。

對深色剪影來說，淺色區域就被認為是負空間；

對淺色剪影來說，負空間則是深色區域。

所謂的負空間Logo，

就是將留白區域也用來傳達訊息的Logo。

完形心理學（Gestalt theory）認為，經過編排後，整體會大於部分的總和。這句話無疑適用於負空間Logo。利用負空間，將概念上彼此獨立的複數元素結合在單一圖形裡，就能造就特別迷人、妙趣橫生的這一類Logo設計。

好的負空間Logo，要能和諧融合至少兩塊明顯可識別的剪影，其中一塊是正空間、一塊是負空間。例如，蘋果的剪影就非常簡單好認。由於形狀獨特，我們一看就知道剪影代表蘋果，而不是別的東西。一片葉子也可以用簡單好認的剪影來表現。用幾何形狀描述，兩塊四分之一圓弧併在一起就成了葉子。

負空間Logo比其他類型的Logo更罕見，可能也是最難設計的一種。要創造成功的負空間Logo，需要巧妙結合兩個簡單的元素，這兩個元素不只要形狀易辨，概念上還必須有所關聯。

為不同品牌設計的負空間Logo

為網路新聞平台《送報童》（Bellman）
設計的Logo系統

Logo系統

當一個品牌發展出了一系列子品牌，

可能就需要設計Logo系統，

來為每個子品牌建立專屬的視覺形象。

系統中的Logo，

通常會以母品牌的符號作為主要識別標誌，

再視每個子品牌的特色，配上不同的顏色或文字。

設計Logo系統是最考驗Logo設計師的工作之一，需要良好的問題解決能力，也要
善於掌握視覺平衡。倘若母品牌的符號不適合以顏色或文字區分，就得另外發明一
套視覺語言來連結子母品牌。要讓Logo看起來像同一系列，重點在於外觀一致性
和重複的視覺特徵。

象形符號

象形符號（pictogram）常被描述為書寫系統的一部分，
是可以用來代替一個字、一句話或一個觀點的通用圖示。
每個象形符號都代表著一個特定物件或概念。
一個或一連串象形符號，
應該要能跨越語言隔閡，讓所有人都能輕易理解。

象形符號的描繪方式有一定程度的彈性。每種符號都沒有單一畫法或固定版本，必
要時也可以修改。象形符號不會因為顏色、形狀或意象上的小小變化就失去意義，
有些時候，修改反而能使指涉的事物或概念更清楚。設計象形符號時，普遍性是
關鍵考量，此外，也要盡量運用最基本的設計元素（直線、圓形、方形、三角形等
等），來承載複雜的概念。

為網紅平台Superhero設計的象形符號。
共同作者：Nick Kumbari與Maria Akritidu。

49

給喬治亞郵政（Georgian Post）的一
款未採用設計

品牌圖樣

很多時候，

設計師的工作不只是創作企業的Logo，

更是在協助企業打造品牌的視覺形象。

這項任務中，除了設計Logo之外，

最重要的便是設計一款代表品牌的好圖樣，

即可以延伸的圖樣。

一般來說，品牌圖樣要和Logo互補但不重複，而且必須適用於各種尺寸和用途。它可能印在小至名片、大至飛機機身的地方，用於廣告看板，或用於室內裝潢。任何需要圖形處理的場合，品牌圖樣都能派上用場。

有這類需求時，我們就要為品牌設計出一款專屬的特色圖樣。圖樣的構成元素可以取自Logo的某些部分，如此能使兩者呼應，通常效果頗佳。假如Logo沒有容易轉換成圖樣的元素，就得另創一套視覺語言，使圖樣與Logo形成對比或對等的感覺。

Chapter 3
視覺要點

漸層

漸層能夠柔化Logo，營造飄渺感的美麗效果。
它的作用通常是表現陰影（例如添加影子），
或者創作有多種色彩及濃淡的Logo。

許多設計師喜歡使用漸層，因為它不僅十分有效，而且相關工具容易上手。這導
致漸層變得處處可見，也被認為太過老套。設計Logo時，由於實務及美學上的考
量，我們必須節制使用漸層。有些漸層在RGB色彩模式中非常令人驚豔，然而一
旦印在紙上，就會失去鮮活感，尤其做成小尺寸的時候。因此，除非Logo預計只
會出現在網站或電子平台上，否則設計Logo時，使用的色相（hue）數量應該能少
則少，也務必確定RGB和CMYK版本都具備相同魅力。

H字母Logo

1.

2.

1. 喬治・博庫亞工作室的貓頭鷹Logo

2. 給NASA「太空製造」（In Space Manufacturing）的Logo提案

簡單式色彩漸層

一段話愈精簡，我們愈容易記住。

同樣地，一個Logo視覺上愈精簡，

傳達的訊息就愈清晰、愈令人難忘。

色彩漸層是一種相當複雜的視覺元素，其中包含好幾千種平順過渡的不同色相。在一些設計目的下，運用多種顏色做漸層變化有諸多好處。但在LOGO設計中加入複雜的漸層，往往會設計出過度花俏繁複、重點不清的作品。不過，若將漸層中的色相數目從數千種減少到幾種時，就能在保有相同效果的前提下，做出更加簡潔的作品。此外，當LOGO以小尺寸呈現時，簡單漸層仍能如多色漸層般平順連續。這種方法創作的LOGO不只更洗練，視覺效果也更加卓越。

線條式陰影漸層

用長短和粗細不一的箭形線條製造深淺變化，
是表現光影的靈活手法。
此種技巧能運用在類型廣泛的Logo中，
特別適合用在有機造型（organic forms）上。

版畫是最古老的圖像製作方式之一。從前的蝕刻和木刻版畫師，會用工具在堅硬的
表面鑿刻圖畫，工具的形狀決定了刻出的線條形狀。通常，刻痕形狀會像個箭號，
下筆處較粗，尾端逐漸縮窄成尖尖的。雕工精湛的師傅能單憑這些線條，構成極度
簡單又寫實的圖畫。只不過，這種作畫方式費力費時，必須小心翼翼、一條一條將
線刻在不容修正的木板或金屬板上。

現代的數位工具，讓我們能自由移動每一筆線條，並放置在合適的位置；亦可輕鬆
修改其長短、粗細，或底部與尖端的形狀。操作上的彈性，讓未經訓練的設計師也
能經由慢慢微調，表現出心目中的造型。

呈現複雜的人物或動物角色時，創造出立體感最好的方法，通常就是用線條表現。
線條式漸層用在簡單幾何形狀上也很出色。但須有心理準備：就像雕刻版畫一樣，
繪製這些線條依然頗費時費力。可能要花好幾小時，才能達到理想效果。

Flip Casa（翻轉房屋）不動產公司

光影

1.

2.

不是所有事物都是「簡單就是美」。

一個簡單的Logo，

可能由於精心設計而顯得精緻深奧，

也可能因為內容不足而顯得平淡無聊。

兩者只有一線之隔。

簡單之美，仰賴一定數量的細節。有些形狀真的簡單過頭，令人提不起興趣。Logo顯得平淡時，加入一些額外的設計元素，有時能收畫龍點睛之效。其中一招，就是在畫面中添加一個光源。若運用得當，光線會為Logo帶來深度和立體感。假如Logo本來就夠有趣了，添加光源就是多餘的。但如果原本看起來很一般，光影或許能讓它亮起來。

為Benson Seymour設計的Logo。　　bg字母
1. 加入光影元素前。2. 加入光影元素後

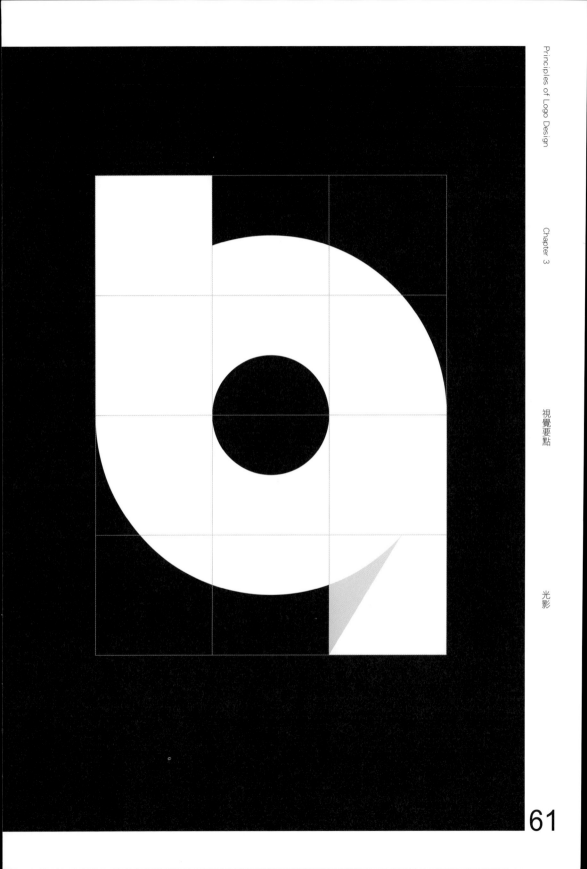

球體陰影

大部分藝術學院裡，

素描課教的第一個練習都是描繪球體。

因為球體──宇宙中最簡單也最常見的形狀之一──

擁有最連續、最多元的光影特性。

球體表面每一點到圓心的距離都相等，

因此亮部會平順連續地過渡到暗部。

構成光影表現的六個基本元素為：

亮點、中間色調、反射光、投射陰影、遮蔽陰影，

以及主陰影。

理解球體的光影結構，對每位設計師都很有幫助。我們可以將其套用於各種有機
與幾何造型上。要維持Logo的銳利度與清晰度，不能使用太多灰色陰影來表現光
影，否則Logo容易變得模糊，尤其以小尺寸呈現的時候。不過，如果設計出剪影
明確的Logo，有時就能突破此限。一個剪影足夠有力的Logo，不論包含多少視覺
元素，都能令人留下深刻印象。

視覺要點

1.

2.

3.

4.

5.

6.

球體陰影

1. 亮點 2. 主陰影 3. 中間色調
4. 反射光 5. 投射陰影 6. 遮蔽陰影

簡約Logo的光影

比起圖案造型，

字母或抽象造型的Logo通常更簡約，

若要加上光影，得用更巧妙的手法處理。

這類Logo最好只用一種中間色調，

避免光影元素干擾其他元素，

Logo才會清爽、搶眼。

畫面中若有光，自然就必須有陰影。反過來說，看到有陰影，人們就會覺得畫面中有光源。在Logo剪影夠有力的前提下，最佳作法是用灰色為重疊或彎折部分添上陰影。如此能為作品帶來立體感，使Logo出流露巧思和深度。

R字母Logo。Skillshare線上教材

明暗對照法與Logo設計

明暗對照法（chiaroscuro）

源自義大利文的「明」（chiaro）與「暗」（scuro），

指的是一種減少中間色調、強化黑白對比的繪畫技巧。

文藝復興時期的畫家大量運用這種技法，

增加畫作的戲劇張力。

明暗對照法應用於Logo設計，是指僅使用極少的灰色調或完全不用中間色調的手法，來表現光線和陰影。盡量減少視覺資訊，才能造就簡潔的Logo。去除多餘的中間色調，可以創造出醒目、對比強勁的作品，使其更加顯眼且具有影響力。

為作品添加光影時，應使用較少的色調，這樣能使圖形更明快俐落。即使最複雜的圖形，通常也只需要亮點、陰影、一個中間色和背景色就夠了。

喬治‧博庫亞自畫像。社群媒體大頭照　次頁：喬治亞國會

Logo醒目度

理想上，

一個Logo放在淺色或深色背景上，

應該都要一樣顯而易見。

但事實上，

為淺色背景打造的Logo，

移到深色背景後，往往不夠醒目。

通常，淺色的Logo，多半要襯以深色背景才會突出。如果Logo只會用在特定背景上，那倒不成問題，然而，許多客戶都需要適用於各種背景色的Logo。有時候，我們可以透過反轉顏色來處理。但須記得，若將白天鵝反轉顏色，就會變成黑天鵝，這不一定是品牌想要的效果。當Logo不夠醒目時，就需要設計底框（Graphic Device）來輔助。

鶴Logo

底框

底框指的是環繞Logo，
將Logo與背景隔開的視覺元素。

想要隔開Logo與背景最基礎的作法，是在Logo的剪影外多加一圈夠寬的明亮邊線。這會使Logo與背景明顯有別，在深色或鮮豔的背景上更加醒目。即使背景為圖樣、影像或其他視覺素材，有底框的Logo也看起來清清楚楚。

如果Logo是圓形的，底框也應為圓形。此時，底框與Logo的形狀相輔相成，經常能產生最令人滿意的效果。但多稜角的Logo若採用相同形狀的底框，就算把外圍盡量修得平滑，看起來也未必順眼。這種情況下，最好改用正方形或圓形等基本幾何形狀。

大部分印刷與數位形式呈現空間都是矩形。正方形底框容易融入矩形空間，是配合這些形式最穩妥的作法。底框設計成基本幾何形狀不一定最美，卻一定是最實用的選項。

給NASA「太空製造」的Logo提案

73

上例為加拿大銀行VersaBank的Logo，使用了圓形底框，而非三角形或貼合Logo
形狀的底框。由於黑色的負空間部分，與圓形和三角形的關係恰好達成平衡，讓底
框和Logo能夠相得益彰。如果採用正方形底框，那又會是另一種手法和效果。此
例中，VersaBank需要能用於戶外招牌的底框，而圓形較容易複製，且用於側懸式
或正面式招牌都很好看。

喬治亞銀行　　　　　　VersaBank（加拿大）

白底黑圖或黑底白圖

比起淺色背景上的黑色物體，

一片深色背景上的白色物體會顯得比較大。

首先發現這種視覺錯覺的人，是天文學家伽利略。

伽利略注意到，行星在廣闊的夜空中彷彿比較大，

透過望遠鏡觀測則變小了。

神經科學家研究了大腦對視覺刺激的反應，發現深色更能精準呈現物體的尺寸。這種現象來自大腦解讀明暗的機制有關，並直接關係到我們感知顏色的方式。由於白色的輻射效應，黑色物體看起來符合實際尺寸，白色物體則彷彿比實際大一點。

白底上的黑色圓形與黑底上的
白色圓形對照

視覺要點

白底黑圖或黑底白圖

視覺尺寸一致性

一個Logo放在深色和淺色背景上，

應該都要讓人覺得一樣大。

由於Logo做成淺色時，

會自然顯得比深色大，我們必須主動微調，

平衡兩種版本的視覺尺寸。

簡單的作法，是直接把淺色版Logo縮小一點。如此能快速解決問題，效果亦可接
受。更完善的作法，則是縮小淺色版Logo：以線條圍繞Logo外框，再將線條加
寬，然後移除變寬的外框線，去除外框的Logo就會變得比本來小。你可以自由嘗
試看看，要將線加到多寬再移除，白色Logo才會看起來與黑色Logo尺寸一致。完
成後，也記得在「品牌手冊」（見191頁）中附上說明，讓客戶知道何時該用哪一
版Logo。

視覺要點

視覺尺寸一致性

79

骨頭效應

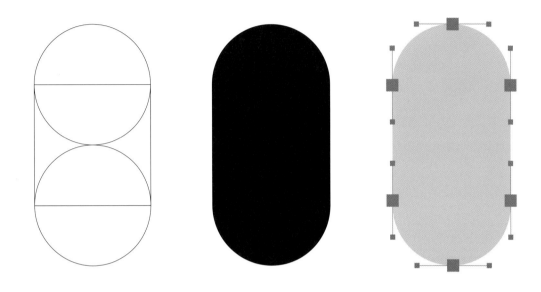

兩個圓形中間夾一個方形，

會產生一種特殊的視覺矛盾現象：

圖形兩側看起來會往中間凹，

就像肱骨一樣（上臂的骨頭）。

這種現象被稱為「骨頭效應」（bone effect）。

字型設計中，骨頭效應最常見於字母O。

產生骨頭效應的圖形結構

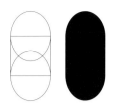

圖形使用了六個錨點（anchor
points）。此方法做出的圖形比先前
圓滑一點，但仍能看出骨頭效應。

處理骨頭效應的第一種技巧，是將上下的圓拉長成橢圓。這樣可以緩和圓弧與直線的反差，使圖形較為圓滑。這是最簡單快速的手法，只可惜無法完全解決問題。新的圖形中，骨頭效應還是有點明顯。

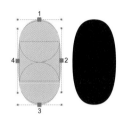

圖形中只有使用四個錨點。此方法
做出的圖形最為圓滑。

第二種技巧是調整錨點，使錨點1與錨點2形成想要的曲線。請注意，最後的圖形應維持對稱，為了消除骨頭效應，完成曲線後可以將之複製到另外三邊。但這種技巧創作出的圖形，會稍微過圓。

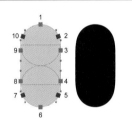

圖形中有多達十個錨點，但仍可以達
到平滑的效果，又不過圓。

第三種技巧運用了十個錨點。先利用錨點1、2、3拉出合適的曲線，再將曲線複製到另外三邊。這種技巧能消除骨頭效應，製作出圓滑的圖形。雖然平衡三個錨點較為耗時，卻能產生最美的圖形。

圖形中有多達十五個錨點，但仍可以
達到平滑的效果，又不過圓。

骨頭效應主要出現於兩個圓與一個矩形相連接的時候，不過三個或更多的圓相連時，也會造成類似的視覺現象。除了前面探討的膠囊形以外，最常見到有骨頭效應的例子，是圓角三角形和圓角的正方形，只能透過上述的第三種技巧來消除。

81

骨頭效應與Logo設計

任何曲線與直線相接處可能會產生視覺上的內凹錯覺。
曲線的弧度，決定了內凹的劇烈程度。

 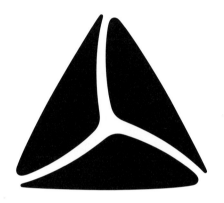

1. 2.

設計Logo時，我們經常會遇上骨頭效應。一定要修正每個案例中所有出現骨頭效
應的地方嗎？答案是否定的。有時候，修正形狀會對周圍形狀產生負面影響。但也
有時候，修正骨頭效應可帶來諸多好處。舉例來説，右圖的負空間大猩猩圖形中，
未修正的骨頭效應能突顯出猩猩四肢的壯碩感。因此我們只需將猩猩頭部左邊的骨
頭效應修正至最小。

上圖則是TBC銀行Logo重塑形狀的前後對照圖。此例中，客戶希望新的Logo感覺
更友善，也更適用於數位平台。修正骨頭效應，一來可讓Logo外形更渾圓可愛，
二來可以加大中間空隙，讓小尺寸的Logo更清晰好看。

TBC銀行Logo： 負空間大猩猩
1. 重塑形狀前 2. 重塑形狀後

出框

出框的觀念很簡單，也很容易被忽略。

將此觀念融入你的設計中，能帶來微小卻關鍵的差別。

出框（overshoot）的觀念，是由字體排印師發展出來的。在這門學問裡，人們已經和同樣的基本形狀打交道了好幾百年。他們發現，高度完全一樣的字母放在一起，C或S等圓潤的字母，會給人比較小的錯覺，M或T等直線和角構成的字母則似乎大一點。為了調整視覺上的不平衡，圓潤的字母必須稍微加大，直到高於及（或）超出字體標準的x字高（x-height），也就是它們需要超出標準的界限，稱之為「出框」。

為Logo中圓潤的形狀做出框，最好留到設計最後階段再一併處理。這時，你已從紙上移到Illustrator上，進行微調會更加容易（見163頁「執行」）。有時候，優秀的設計與完美的設計，就只差在一兩個錨點的微調而已。

Logo設計中的出框——
相連的三角與圓

次頁：
字體設計中的出框

次次頁：
Logo設計中的出框——236標誌

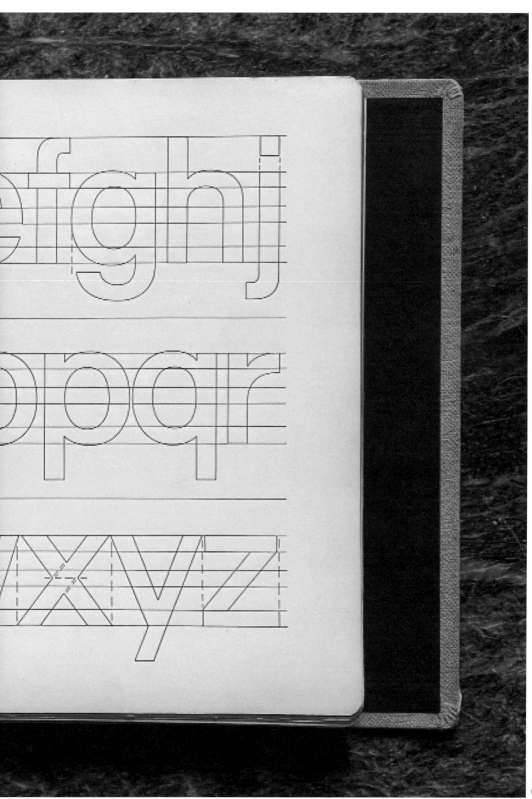

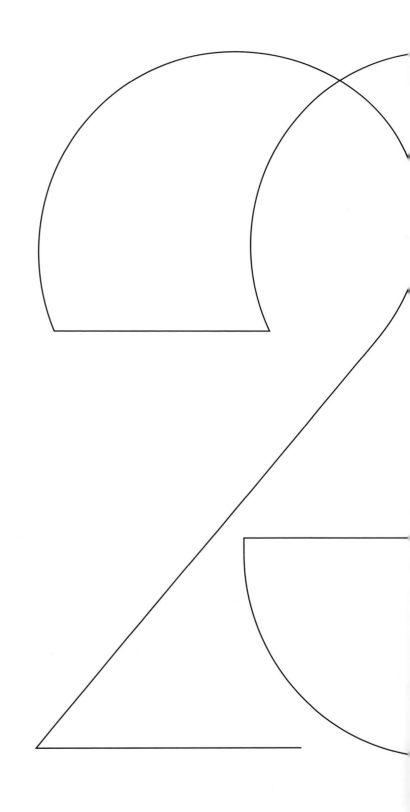

Chapter 3

視覺要點

出框

為製造業公司Keikkatiimi設計的K字母Logo。
設計概念包括將閃電符號融進K字母中。

取得視覺平衡

取得視覺平衡，指的是調整各種小地方，

讓Logo看起來均勻、和諧的過程。

儘管每個設計案都有獨特之處，

不可能整理出一套標準作法，

但多數Logo都適用以下五項原則：

1. 穩定性：Logo不該感覺到非必要地往左或往右斜。最後的圖形應呈現重力與平衡感。若設計概念允許，Logo的底部最好比較重。底部寬大的Logo感覺較扎實、穩固。

2.比例：Logo整體比例應該盡量接近正方形而非矩形。Logo太寬或太高會導致使用不便。鎖定排版（type lockup）時，正方形比例也比矩型比例好處理。

3. 構圖：Logo中的元素，大致上應平均分布。如果Logo某一區很擠、另一區很空，視覺上會不和諧。

4. 一致性：各項元素的粗細或厚度以相近為宜。若同時有極粗的元素，又有極細的元素，會給人不均勻的感覺。如果Logo是以線條構成，線條粗細最好統一。

5. 可擴展性：Logo在縮放時，必須保持良好和清晰的外觀。

視覺矛盾

矛盾（paradox）可以用來指似是而非，或似非而是的命題。

視覺世界中也存在矛盾。

如果一幅圖乍看之下是一回事，仔細檢視又是另一回事，

就會產生一種不可思議的視覺現象，

令人被它的奇妙吸引——並在看懂玄機時感到開心。

有些技巧可以將看似平凡的圖形變得更有趣。層次變化、形狀交織、光影效果、色彩遊戲、不同的空間層面並置，都能為Logo增添趣味和記憶點的工具。

lip Casa不動產公司　　　　　次頁：相關數（實驗作品）

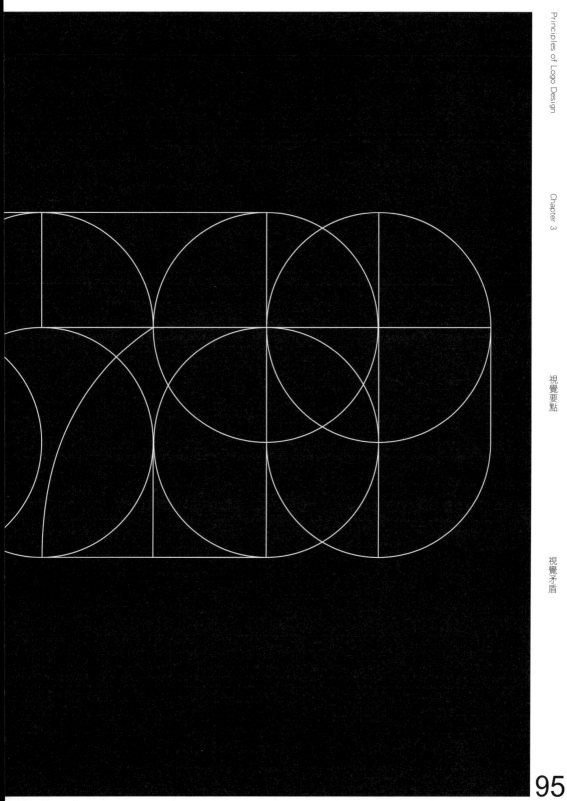

視覺矛盾類型

視覺矛盾主要有三種明確的類型，

三者都能創造出某種挑戰真實本質的視覺效果。

1. 不可能的圖形：只能繪於紙上，真實世界中不可能存在的造型。

2. 模棱兩可的圖形：乍看像某個東西，細看又像另一個東西的圖形。

3. 動態的錯覺：藉由巧妙的構圖，讓圖形看起來彷彿正在移動或具有動態效果。

有些例子包含不只一種視覺矛盾。此外，也有一些視覺矛盾難以歸類。

數字1至9（實驗作品）

不可能的圖形

當一個2D平面形狀有部分看起來像3D立體形狀，
或描繪的3D形體結構不可能出現在真實世界裡，
就會產生一種被稱為「不可能的圖形」的視覺錯覺。

瑞典藝術家奧斯卡‧路特斯瓦（Oscar Reutersvärd）創作的潘洛斯三角
（Penrose triangle），是不可能的圖形中最優雅的典範之一。乍看之下，圖形似
乎沒什麼問題，但再定睛瞧瞧，我們就會開始懷疑它的真實性。數學家羅傑‧潘洛
斯（Roger Penrose）推廣了這種圖形，並稱為「最純粹的不可能」。荷蘭藝術家
艾雪（M. C. Escher）設計的不合理立方體，是另一個極好的範例。它的某些部分
看來像3D立體造型，另一些部分又讓人覺得像是2D平面形狀。

視覺要點

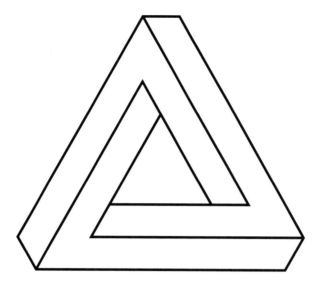

1.

不可能的圖形

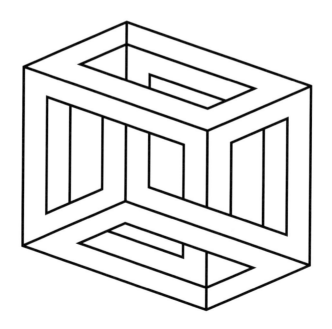

2.

1. 潘洛斯三角 2. 艾雪立方體

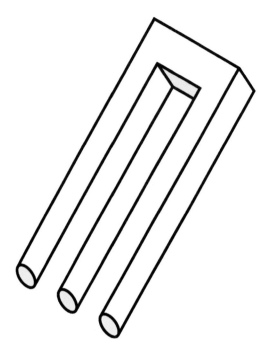

1.

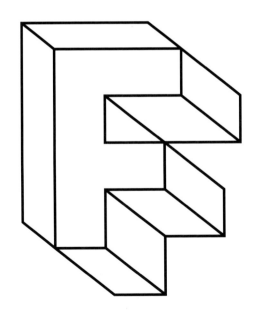

2.

1. 魔鬼的音叉 2. F字母Logo　　次頁：Nebo（雲）電影製作公司

不可能的圖形與Logo設計

顛倒視角、玩弄線條交點、將不該相接的層次相接，

可以創造出挑戰形而上真理的視覺效果。

設計師想設計這類Logo，

就得先好好研究這些錯覺藝術大師的作品。

這將打開你的思路，

你能藉此看見更多創作這類圖形的可能性，

也能參考前人所用過的原理和技巧，

發揮創意做出新的設計。

左圖示範了如何運用「不可能的三叉戟」（又稱魔鬼的音叉、blivet）的原理，來設計F字母Logo，而非直接複製該設計方案。三叉戟的底部似乎暗示往上看還會是三個圓柱體，但觀者視線移到上方時，卻發現圓柱變成了兩個相連的立方體。同樣的，F字母的右下角似乎暗示視角往上移動時還是會保持一致，但到上方時，視角卻和剛剛不同，轉往另一個方向了。

Chapter 3

視覺要點

不可能的圖形與 Logo 設計

動態的錯覺

工業革命期間，

電影的發明為藝術家帶來看待動態的新方式，

催生了藝術運動「未來主義」。

未來主義聚焦於刻畫速度、動力與運動中的形體。

賈科莫・巴拉（Giacomo Balla）1912年的畫作

《繫繩的狗之動態》（*Dynamism of a Dog on a Leash*）

是表現動態技巧的經典範例之一。

有很多方式能設計出具速度感的Logo。最簡單的是像Nike商標般的「弧形線條」（swoosh）。複雜一點的，則如F1賽車的舊Logo。這兩個例子有個共同的特徵：它們都以箭形線條來表現動態，營造由細的一端朝粗的一端移動的感覺。

設計有速度的Logo時，可以考慮將運動方向設定為從左到右──即細的一端在左，粗的一端在右──此時Logo方向與西式書寫方向相同，會讓人更容易看懂。還有一些其他表現動態的方法，任何由簡單到更加密集的圖樣或元素，都會給人向前移動的微妙感覺。

旋轉的地球標誌，其中線條既代表速度，也代表數據單元。為百事公司（PepsiCo）數據分析部的提案。

模棱兩可的圖形

模棱兩可的圖形在Logo設計中並不常見，

能看到的成功案例也很少。

然而，擁有察覺這類圖形的敏銳度很重要，

因為另一種涵義可能不是我們想要的，

而且時常涉及與性有關的聯想。

當設計師長時間投入一項設計工作後，可能因為太熟悉作品裡的視覺元素，大腦習慣了以特定方式認知它們，以至於無法看出它們還像別的東西。當這種情況發生時，即使休息過後再回來重新審視作品，也很難超越先入為主的認知。也因此，設計師一定要謹記：我們看自己的作品，非常容易忽略別人一眼就看到的東西。

設計師在進行任何案子時，都要留意有無此類問題。如果性聯想是配合概念刻意加入的，Logo當然能設計得時髦瀟灑。但如果是無心造成的，有時候設計師、客戶，甚至其他相關人員都未能察覺。有些著名的負面案例中，客戶也沒發現Logo能產生某些性聯想，就將之發表了。這類負面事件足以毀掉一個品牌的形象，所以務必小心避免。

負空間大象，經常被誤認成鯨魚。

對稱或不對稱

世界上沒有真正完美的對稱。

設計Logo時，追求完美對稱也不是好主意。

無論聽起來多美，這樣做出來的Logo多半很無聊。

某程度的不對稱能為Logo增添趣味，令人不由得想多看幾眼，尤其當剪影形狀已經對稱的時候。變化與組合多種元素能使作品洋溢活力，若只是單純複製貼上或鏡像重複作品中的某些元素，則容易使人感到無趣。

簡單換個顏色、增刪小細節，或對部分元素進行鏡像或錯位處理，也能巧妙製造出不對稱的感覺。最終目標是創造出一個能讓觀眾視線不斷移動的視覺效果，為Logo整體構圖帶來興奮感及新鮮的刺激。

黑白天鵝（實驗作品）

109

貓Logo，實心版和空心版（實驗作品）

實心或線條

填滿顏色的實心Logo看起來穩重強烈；

以線條構成的Logo則輕盈優雅。

設計師須仔細評估案件需求，採取適合的作法。

有些Logo不管以實心或線條呈現，都能有效傳達概念。

這種時候，就要請品牌選擇其中一種作為主要Logo，

另一種為次要Logo。

實心圖形的視覺效果比較搶眼，即使縮小也看得出剪影和概念。只要剪影定義明確，實心圖形從更容易從較遠處看見。且因為色塊寬厚，放在什麼媒介上都很明顯。

線條圖形外觀輕盈，容易融入各種地方，特別適用於無需主動出擊的設計情境。比方說，設計UI（使用者介面，例如網站與APP）圖示或室內標示時，線條圖形能有效傳達訊息，又不過度搶戲。缺點是，它們從遠處看不太清楚，而且縮小後缺乏分量且視覺停駐時間短暫，除非線條夠粗。

一筆畫完的貓（實驗作品）

113

鷹頭獅標誌。替巴西柔術俱樂部
（Brazilian Jiu-Jitsu Club）設計的吉祥物。

舉重圖示（實驗作品）

尖銳或圓滑

尖銳的Logo看起來更具有威脅性及權威性；
圓滑的Logo則給人友善、容易親近的感覺。

尖銳的硬物可能割傷人，倘若施加夠大的力，也能用來切割或刺穿別的東西。我們本能地知道這點，所以會對刀、針、刮鬍刀等物品特別小心。儘管一把刀的圖片不會真的傷到人，我們見到這類圖片，仍會下意識地提高戒備。

另一方面，圓滑的東西會讓人想摸摸看。圓圓的物體——例如茶杯、遙控器、棒球或方向盤——不會刺傷或割傷我們，比其他形狀更讓人願意拿起來。

構思一個Logo時，別忘了考慮上述的反應。除非案件需要，否則Logo中最好避免納入太多尖銳的形狀，至少Logo的剪影部分要盡量保持圓滑。在可以調整的地方，盡可能用圓滑的形狀取代尖銳的形狀，讓Logo顯得更友善。畢竟，很少品牌不想讓人覺得友善、容易親近吧？

跳躍的狐狸。Skillshare線上教材。

圖樣設計

要設計出好的圖樣，關鍵在於網格。

正方形的網格最靈活好用、容易調整和伸縮，

但也因為最多人使用，較難做出有辨識度的圖樣。

因此，與其使用方格，

不如多嘗試用其他基本形狀——例如三角形格子——

來建構圖樣。

荷蘭鹿特丹市就曾利用六角形格子，打造出令人驚豔的城市識別效果，利用這種形狀打造出的獨特且易於辨識，近乎像素畫的圖像。如果方格形狀比較常見，則可嘗試改變常見形狀的作法，例如將方格旋轉四十五度，變成鑽石形的格子。

重複排列幾種形狀來鋪滿一個平面，這種技巧稱為「密鋪」或「鑲嵌」（tessellation）。如果採用鑲嵌式的網格，可透過顏色或單元內的變化來創造有趣的作品。用這種作法設計圖樣可能相對簡單，但重複排列比較單調，無法持續吸引人，最好避免使用，盡可能選擇變化更豐富的非鑲嵌網格。

雖然顏色不如網格重要，但同樣在圖樣設計中扮演關鍵性因素。顏色的分配必須平均、和諧。色彩對比太強，可能破壞圖案視覺的流動性，令人只注意到突兀的部分。色彩對比太弱，圖樣會不顯眼，對於想增加認識度的品牌而言，這樣的設計就失敗了。

圖樣設計（進行中的作品）　　　次頁：1932標誌（實驗作品）

將網格與顏色組成有效的圖樣，有時頗為困難。檢視作品在不同尺寸下的樣子是一種快速評估整體效果的方法。針對客戶可能應用此設計的情境，製作實品模擬照（mockup），對設計師和客戶都很有幫助。模擬照中的設計物應有大有小，譬如一張照片模擬圖樣用於信紙，另一張模擬做成辦公室壁紙的樣子。

如果客戶預計將圖樣用在文宣等印刷品上，設計時就得留意CMYK四色的平衡，也要對印刷過程有基本認識。CMYK四色是一層層疊上的，大量使用複雜色彩，可能導致紙張油墨過濕，無法妥善印刷下一個油墨顏色。使用較基本的色彩，能使紙張在印刷期間較快乾燥，成品將更清晰乾淨。設計師在同意任何印刷計畫前，一定要仔細檢查印出的樣品。

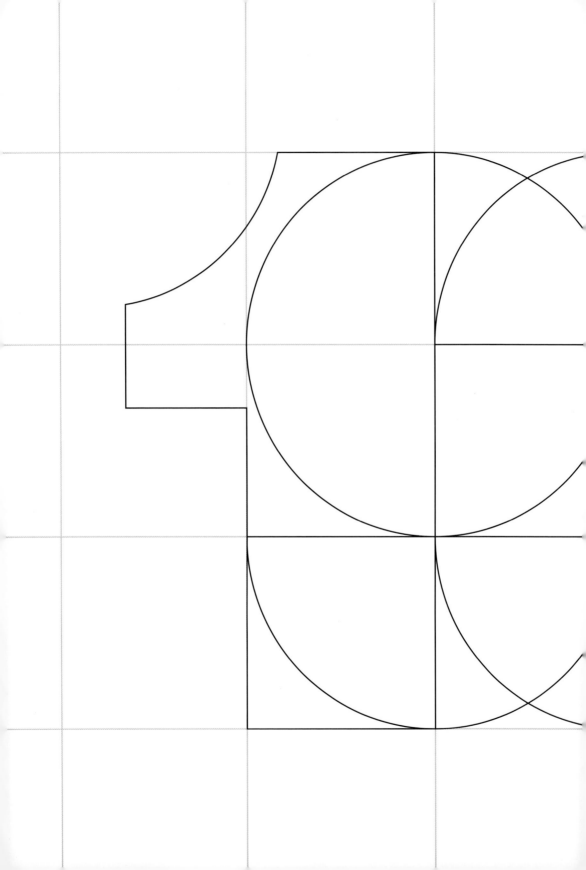

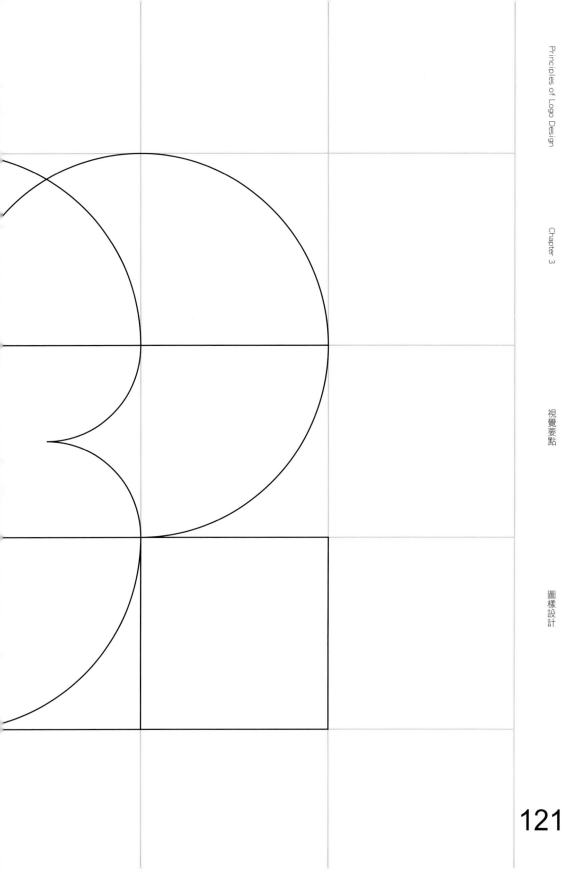

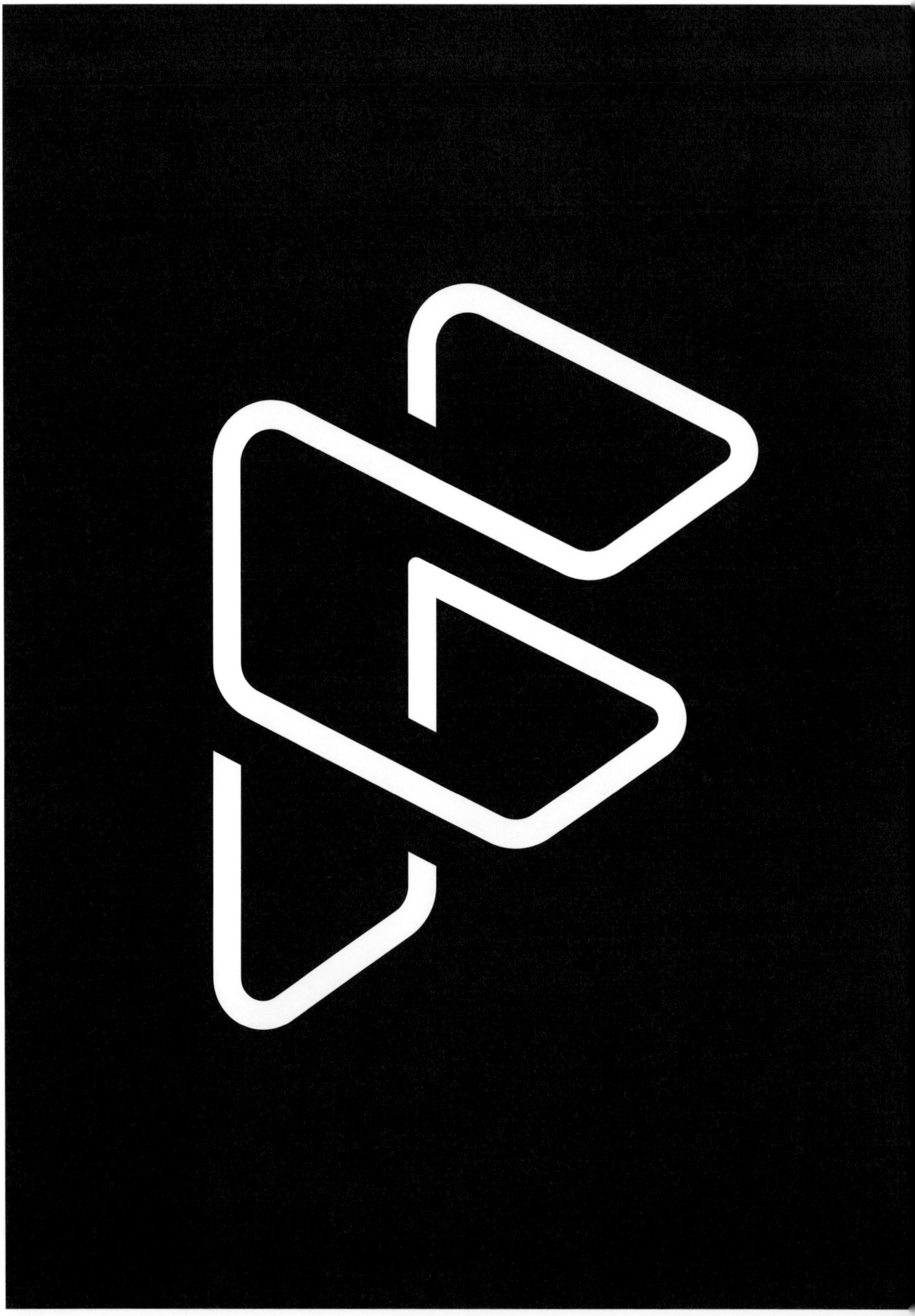

立體感

3D技術的發展，為平面設計注入了新的靈感。

寫實描繪3D造型的圖畫，往往細節過多，

並不適合作為Logo。

但以簡單方式營造立體感，

卻能造就非常迷人的好Logo。

現代主義設計師偏愛平面、2D的形狀。原因一部分出於實用的考量，也有一部分是由於當時缺乏工具，難以將複雜的3D造型視覺化。然而，平面的簡單幾何形狀，事實上變化有限。打個簡單的比喻，一個圓和一個方能組成的有趣圖形，並非無限多種。Logo設計中，一旦所有可能性都被嘗試過了，Logo就會逐漸看起來差不多。替Logo設計加入一個新的空間層次，就能打開更寬廣的可能性，帶來更奇特新鮮的原創作品。

F 字母Logo。給Fandom粉絲社群網
站的提案。

辯證方法

辯證方法指的是
將兩種作法並置、比較、擇優汰劣的一種技巧。

創作Logo時，我們很少能單憑草圖就能做出接近完成的作品。草圖階段繪出的最後一幅圖，必須匯入數位平台，並用畫筆工具（pen tool）描出線條與形狀。做出電子版後，通常還要再微調一些地方，並且多試幾種不同作法來比較，最後調整和選擇出的版本才是接近完成的樣態。

有些解決方案可能誤導我們，我們採用時覺得它很棒，過一段時間才發現不適合。有時候，這是因為我們想出新作法時太興奮，被嶄新的圖形迷住了。不然就是我們無法準確評估所有可能性，沒想到後來又調整了其他地方，導致前面的作法變得不恰當。

狗圖示（實驗作品）　　　　次頁：M字母的實驗

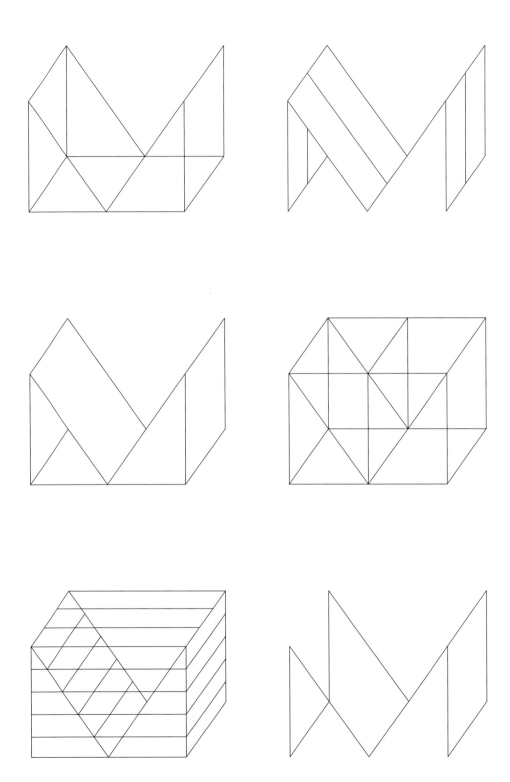

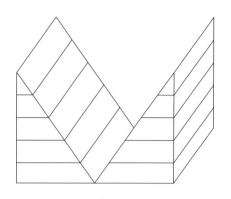

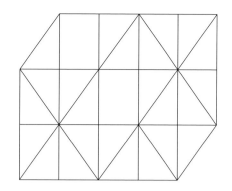

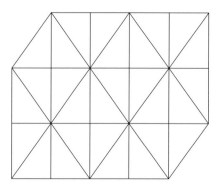

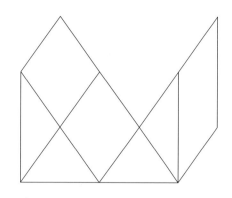

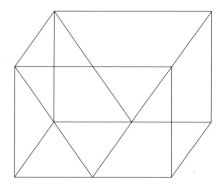

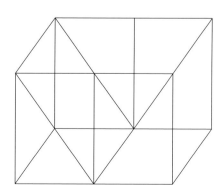

假設我們在設計某個Logo中，不斷修改元素，以尋求更好的解決方案。在這個過程中，我們難免會看上某些較差的作法，卻捨棄一些較好的作法。為了保險起見，有個簡單的步驟很重要：每當你想出一個新的作法，在動手修改前，先將目前版本複製一份留存。稍後，你可以將所有版本一字排開，仔細比較，以選出最符合案件需求的版本。

在發展Logo的過程中，複製留存各階段的版本，讓我們有機會重拾先前捨棄的作法。如果最初選了一個作法，最後卻成效不彰的時候，這個小步驟能幫上大忙。

鑑賞美食時，人們需要消除舌上殘味的小點心（palate cleanser），來協助我們判斷下一道菜的好壞。在設計時，我們也有幾種方法能讓眼睛休息，協助自己恢復視覺判斷力，並做出更客觀的決定。在累積數個版本後，將所有版本一字排開，然後休息一下，再決定你要用哪個版本繼續。連續工作數小時下來，設計師可能由於疲勞，做出不客觀的決定。稍作休息，以清新的目光重新審視作品，經常能看出方才忽略的細節。

另一個好方法，是以鏡像檢視複雜的Logo。當眼睛太過習慣一款設計，鏡像能提供全新的觀看方式。有些肖像畫家也會使用類似方法，將肖像與一面鏡子並置，藉此尋找並改善畫中缺點。在鏡像呈現下，Logo比例失衡處會變得明顯。設計動物或人物角色的Logo時，這種方法格外實用。

ANDREW HOWARD

WHAT:
EDITORIAL
DESIGN
WORKSHOP

WHEN:
SEPTEMBER
14,15,16

WORK

WHO:
ANDREW
HOWARD FROM
THE
ANDREW
HOWARD STUDIO

WHERE:
STAMBA
HOTEL,
4 MERAB
KOSTAVA ST,
TBILISI

**HOW
MANY:**
ONLY
TWENTY
SPOTS

SHOP

**HOW
MUCH:**
ONLY
TWO
HUNDRED
DOLLARS

AT THE
STAMBA

Project#2

PROJECT#2 IS A NON PROFIT EVENT INITIATED BY GIA BOKHUA AND GIORGI POPIASHVILI
IN ASSOCIATION WITH THE STAMBA HOTEL. IT AIMS TO INSPIRE DESIGN PROFESSIONALS
TO IMPROVE THEIR SKILLS IN TYPOGRAPHY AND EDITORIAL DESIGN.

構圖

構圖時，我們希望將Logo中的元素，

配置成一個有趣、引人持續關注並與之互動的圖形。

身為設計師，我們似乎能自由安排線條、形狀、顏色、質感和空間，

創造出千萬種可能性。

但哪一種才是對的呢？

實務上，並沒有固定規則可循，

大多數情況下，該怎麼構圖才對，

大部分是靠主觀判斷和試誤法習得的。

好的構圖藉由巧妙的配置，使圖中元素形成某種秩序（或無序），並且多多少少反映了物理原則。構圖前，首先需要確定你的目標，亦即Logo最後應該給人什麼感覺。例如和諧、緊張、動感、平衡、突兀、混亂或其他？

鎖定目標後，必須考慮形狀之間可能產生的互動關係。譬如，相同大小的圓形放在方形上，畫面會給人和諧的感覺；反之則能製造緊張。一個圓形放在三角形頂點的旁邊，會造成明顯的動感；直接放在頂點上，則使人感到一種緊張的平衡感。

這些都要由設計者主觀判斷、自行取捨。不過，和形狀打交道愈久，你會愈能理解與感覺到形狀間的動態關係，而這種能力將自然而然地成為設計師工具箱中的一部分。

為安德魯・霍華工作坊（Andrew
Howard workshop）設計的海報

實驗數字構成的時鐘設計

次頁：為數據研究公司ACT設計的
Logo，一連串意外的產物。

實驗與意外

最奇妙的設計，每每誕生於實驗與意外之中。

不受案件需求或客戶願望限制的時候，

你就能允許自己放鬆心情、大玩創意。

違背平時的習慣或喜好，

嘗試做出風格完全相反的作品，

不僅是種突破自我設限的練習，

也能開拓新手法和新領域。

實驗對於設計能力的發展，有著不可言喻的重要性。創作實驗作品時，設計師不局限於一種媒介，運用素描、繪畫、雕刻、摺紙或任何方法，只要目的是創作出跳脫舒適圈外的東西。若你習慣設計黑白Logo，大膽、迷幻的色彩便是絕佳的實驗主題。如果設計師擅長創作實心Logo，務必挑戰做個線條Logo。假如作品一向簡約乾淨，就該試試不修邊幅的粗獷風格。

133

135

這些作品非為客戶設計，也不建議公開發表。創作它們的目的應該只是暫時擺脫自我設限，探索新的設計手法——以及碰碰運氣，看會不會發生有趣的意外驚喜。

我們之所以成為設計師，無非是因為喜歡創作的過程。當你壓力太大或心力交瘁，塗鴉或素描是重新充電的好辦法。自由塗塗畫畫讓人有勇氣發揮創意，因此找回創作的樂趣。不要怕作品髒或醜。放膽嘗試不習慣的風格、質感、網格或色彩。或許你會做出醜到不行的作品，甚至不想讓你的毛小孩看見，更不用説拿出去交給花了錢的客戶。但這段過程中，你可能獲得新的啟發，能夠應用於未來創作中。強迫自己跨出舒適圈，也能避免故步自封，讓你在設計路上持續往前走。

試著在日常生活中尋找靈感——你的狗奔跑時的身形或雲朵偶然構成的造型。找到令你著迷的形狀，盡情運用它們玩設計。通常一個形狀會吸引你，必定有原因。

至於那些一筆畫歪，或者你的貓撞倒咖啡杯、偏偏潑在素描本上的時候呢？最初看來像失誤甚至災難的地方，未嘗不是你的作品正巧缺少的特質。給自己一點時間，嘗試把危機視為轉機，探索跟隨此方向能走到哪裡。沒有人規定好作品要怎麼做，説不定畫錯的那筆或咖啡的印子，反而能讓你創出意外的傑作。

與滾石樂團（Rolling Stones）的
舌頭標誌結合的R字母

次頁：線條構圖實驗

ellensara®

抄襲或效法

仿效在設計界相當常見，然而，

「模仿他人」與「不當使用他人的智慧財產權」只有一線之隔。

網路普及與複製貼上鍵的便利性，

使得抄襲別人的設計比任何時代都更加容易，誘惑也更大。

儘管我們很難做出完全獨創的作品，

但將他人創意稍微修改就當作自己的，

絕對是害人害己。

身為設計師的我們，被無數Logo範例包圍，所有這些Logo，都能成為我們的靈感來源。Logo之所以強而有力，就是因為它們能深深印在人腦海裡。有些Logo我們忘了自己看過，但依然留在潛意識中。也有時候，我們看過但不記得的視覺手法，會在工作時浮現心頭，使我們誤以為這是自己的點子。

為美妝品牌設計的S字母

避免這種問題最好的辦法，是一條簡單的經驗法則：如果某個手法感覺有那麼一絲絲熟悉，卻又不像你過去的作品，那就一定是別人的作品。除了捨棄或大幅修改它，沒有別的辦法。

現代主義者剛開始創作Logo時，使用的都是方、圓、三角等基本形狀。這些形狀至今仍是Logo設計的重要元素。我們幾乎能從此類早期設計中，汲取所有需要的靈感。當你在基本形狀中發現靈感，試著更上一層樓，以你的方式應用它們。充分改變你參考的手法，為它賦予你獨特的風格。現代科技能輔助我們，為基本形狀加入變化。說到底，手繪設計Logo的現代主義者，並未享有快速複製某個部分、輕鬆修正錨點、將圖形立體化等現代工具的奢侈。

有時候，我們無意識地抄襲了（或近乎抄襲了）他人作品。發生這種狀況時，請以誠實謙卑的態度面對。如果作品已被客戶接受，就要聯絡原作者，告知情形，主動提出補償作法。同樣地，若你的作品疑似被抄襲了，先聯絡該設計師，與他們討論該如何處置。若對方的回應令你無法接受，還有不少法律途徑可循。此外，多數線上平台的著作權審查相當嚴格。只要你能提出合理證據，有抄襲之嫌的作品就會被下架，情節嚴重時，該作者也可能被列入黑名單。

客戶關係

客戶關係對Logo設計舉足輕重。

設計師與客戶互動的氣氛愈友好、合作性愈強，

最後的作品就會愈成功。

切記，任何回饋都很珍貴，包括不中聽的回饋。

也要記得，有些客戶由於缺乏經驗，

會提出讓人覺得不合理的要求。

設計師應該在不失去自己設計理念的前提下，

盡力滿足這些要求。

我最常見到新手犯的錯誤之一，就是不夠重視客戶的回饋。我們很容易覺得客戶的話像在批評或攻擊我們的作品，或身為創作者的主體性。Logo設計師不能太過執著自己的作品——畢竟Logo不只是為我們自己，更是為客戶設計的。大多數時候，客戶比我們更了解開發中的品牌，參考他們的意見，對於做出成功的Logo至關重要，也是與客戶再次合作或推薦給他人的關鍵。

另一個新手和老手都容易犯的常見錯誤，那就是將客戶妖魔化。客戶的要求可能讓人覺得莫名其妙或沒完沒了，但關鍵是別忘記，他們的目的不是刁難你，而是讓Logo更好。有建設性的批評也可能很主觀，反過來說，無論什麼樣的批評中，都找得到有建設性之處。

輔助模型

需要實物模型來輔助設計時，

設計師不該迴避這項工作。

當一個概念涉及複雜的造型，難以直接視覺化，

模型可以使設計流程更輕鬆簡單，

甚至為你指出新的方向。

在沒有參考資料的情況下，要憑空素描出複雜造型，是一件極其困難的事，除非你天賦異稟。即使你腦中已經有了明確的構思，有時帶有這個構思的3D實體模型仍會很有幫助。有了這個模型，就能從各角度檢視你的設計，甚至發現更有趣的觀點或作法。

黏土、膠帶、鐵絲、紙張、木頭、3D列印機或雷射切割機，這些都是製作實物模型的便利工具。模型可以觀察及操作，讓設計師更熟悉此款設計的造型細節。做成實物後，也更容易發現錯誤或不協調處。

實驗數字構成的時鐘設計。夾板、
雷射切割原型。

Chapter 4
設計流程

發想概念

Logo是品牌的識別標誌。

從理念、風格或精神上反映了品牌的本質。

一個呈現出巧妙概念，且富有視覺吸引力的圖形，

最能讓人一眼留下深刻印象，

作為Logo通常效果最佳。

要為品牌找到對的概念，並不是件容易的事。好的概念不只要聰明巧妙，也須具有視覺魅力。在開展此階段時，確知品牌名稱，並擁有一份詳細的設計概要（design brief）很重要。品牌的相關資訊——從核心理念到營運方面的微小細節，這些在後續流程中都可能需要。

（左上）Logo中間做成象徵帳單的紙張造型。　（右上）Logo的上下部分是中心部分的延續。
（左下）裁剪成類似字母S的形狀。　（右下）修飾後的最終圖形，圓滑中不失銳利。

149

為喬治亞兒科醫學會（Georgian Pediatric
Association）設計的Logo

設計概要中，一定要包含實際、理性、清楚的設計方向。有時候，僅僅羅列品牌基本特色、品牌人物誌（brand persona）、客群、競爭者及理想色系還不夠。最重要、對設計流程非常有幫助的線索，往往是反映品牌理念的形容詞。這些詞彙提供了抽象的視覺線索，可協助設計師發想概念，並將相關詞彙化為有意義的符號。

設計概要太過自由時，設計師必須提高警覺。通常，這代表客戶對於品牌沒有明確願景，並期待設計師來為他們描繪。這的確可能辦到，但前提是你要來來回回提案和修改十幾二十次。在一般預期的提案次數下，可能根本找不到客戶滿意的概念。創作自由偶爾會為設計師帶來好處，可惜多數時候是弊大於利。

設計師和客戶最好能充分溝通，討論彼此對品牌Logo的想像，或至少在風格方面的期望。討論時，可用幾個你作品集裡的Logo，或其他設計師的作品，當成有用的參考資料，確保你們對Logo的期待都已釐清且可以實現。

擬定設計概要時，也必須詢問客戶欲打造的品牌個性（brand personality）與目標客群（例如：年齡、性別、國籍等）。這兩項資訊有助於決定Logo的美學基調。舉例來說，設計給兒童的Logo通常較繽紛、圓潤、友善；女性產品的Logo時常強調自然；男性特色的品牌美學則傾向大膽。針對不同文化的客群設計的Logo，也可能納入反映族群或國家特色的不同象徵元素。

話雖如此，品牌個性未必要和客群畫上等號。比如說，一個希望吸引亞洲客群的品牌，形象上可能採用歐式美學。主打男性客群的品牌，也可能選擇陰柔的視覺形象。甚至一家兒童用品公司，也可能塑造吸引大人的品牌個性。這都取決於品牌策略，也就是一份敘述品牌核心理念，以及長期發展策略的資料。

151

理想上，發想概念時，設計師手邊要有設計概要，也要有品牌策略。但事實上，並非所有品牌成立初期，都有餘裕制定詳盡的品牌策略。（這點值得注意，因為委託設計Logo的經常是剛成立的公司。）更棘手的是，有些品牌的名稱和業務項目中，都找不到確實可用、能化為有意義符號的視覺線索。這種時候，就要仰賴概要裡的關鍵字，來找到能以視覺傳達的品牌特色。譬如交流、速度、團結、互助、關懷、穩定和平衡等關鍵字，皆可指出饒富潛力的設計方向。

設計Logo的視覺線索，不一定來自品牌業務，也可能來自品牌名稱。舉例來説，「D4工作室」這樣的名字，就提示了很棒的概念。D和4兩個字視覺上相當有魅力，故用D與4組成花押字Logo，也許會是最佳選擇。

另一些品牌的名字本身，也可形成有趣的圖案。例如一家叫「Limoni」（義大利文「檸檬」）的品牌，Logo或可使用檸檬的作為符號。也許有人會説，直接描繪品牌名的Logo太直白了，缺乏巧思也不夠迷人。但也別忘了，這類Logo令觀者一看就想到品牌名稱，識別效果更加快速。

製作情緒板

情緒板（mood board）能幫助設計師和客戶
想像專案可以採取的風格方向。
製作情緒板時，主要目標是讓你自己對案子燃起期待，
也對可能採取的方向有個底。

情緒板不必侷限在品牌相關素材，亦可加入自然、建築或繪畫的圖片，或其他激發
你靈感的影像。這些影像都能成為很好的參考，協助你發展Logo。在這個階段，
某程度上可以任由案子主導情緒版的創作過程。

製作情緒板時，應將不同風格分開置於不同的區塊。例如經典風格的影像放一區；
高科技未來感的放另一區；多彩的自成一區；單色設計再闢一區。這麼一來，就能
一眼看出各種方向的效果差異。同樣地，也將不同類型的Logo——圖案型、單字
母、花押字等等——分開放在不同區塊，並配上相關視覺意象。

情緒板可以和客戶分享，或者自己參考。有些客戶特別喜歡參與創作過程，但我個
人偏好必要時，再請客戶參與。客戶太投入，也可能造成設計工作上的困擾。因為
不是每個客戶都能準確預見Logo做成某種風格的效果。他們看情緒板時最喜歡的
方向，到頭來成品也未必是令他們滿意的方向。

154

素描

素描階段，是發展Logo的一個關鍵環節。

它讓設計師能自由繪出心中的點子，

也能暫時遠離科技，

沉浸在發揮想像力、練習手眼協調、專注於當下的一項活動裡。

素描最有用之處，是協助我們不受數位工具拘束，創作多款初步概念的草圖。當一個點子飄過你的腦海，你的手會試圖反映它，畫出一個與之相應的形狀。素描讓此一過程快速又自然。

要以電腦捕捉相同的初步想法，需要較長時間。Logo設計工具──尤其是畫筆工具──不若鉛筆那樣具備多樣性與靈活性。你得用錨點拉出圖形輪廓：將錨點移到正確位置，呈現出大致形狀；再細細調整，使形狀更貼近你的想像。這樣做起來費工費時，很難施展創意、想到什麼就畫什麼。

素描階段可以分為三個小階段。先粗略繪出你想到的各種概念；接著挑選較好的概念，仔細研究和改善；最後再用描圖紙精修。完成滿意的造型後，即可匯入數位平台。

幾個準備匯入數位平台的素描終稿範例

初始階段

素描初始階段中，設計師要不畏犯錯。

這時不必顧慮精確度、間距、造型或剪影等細節，

反而應該狂熱地畫，盡情揮灑出你所有的點子。

愈隨興、衝動、不假思索和不帶保留效果愈好。

這個小階段應視為不設限的探索期。設計師務必花點時間，嘗試各種想到的概念。儘管用粗略的筆觸、不完美的形狀、隨意地曲線和不受控制的輪廓畫出它們。最後，你的素描紙應該看起來像個戰場，充滿半成形和未完成的概念碎片。

有人可能會問，這樣真的有用嗎？慢慢畫一張精確的草圖不是更好嗎？答案可說是也不是。這個階段更重視的是量，而非質。一幅精確的草圖需要畫上很長一段時間。信筆素描的時候，我們卻能畫出任何天馬行空的造型，享有更多創作的自由。更重要的是，幸運的意外經常發生在這種時候。

1. 初始階段素描範例：大寫F與R的習作　2. 初始階段素描範例：大寫F的習作

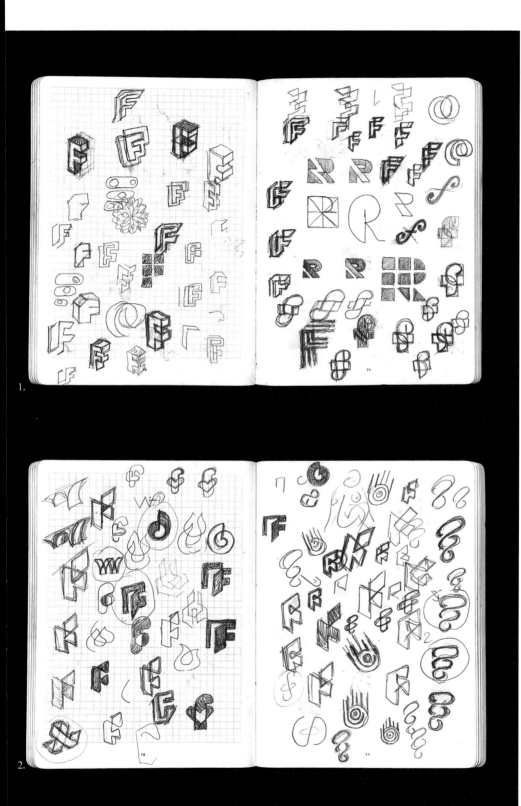

1.

2.

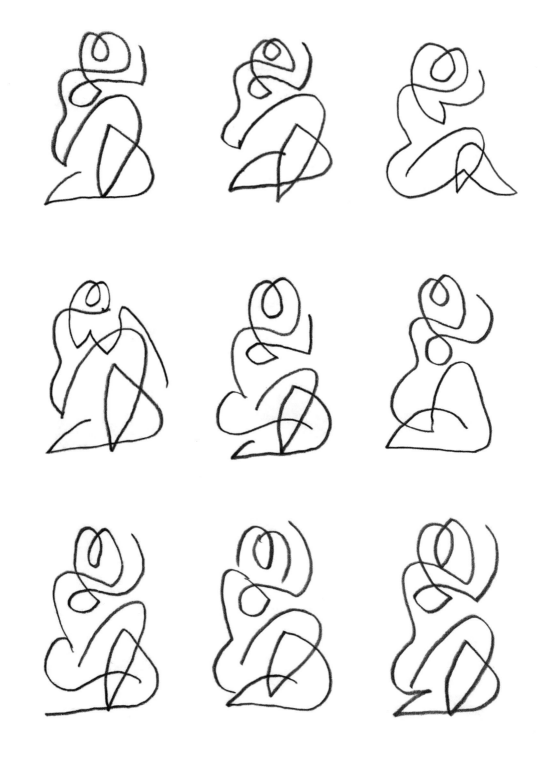

158

改善階段

改善階段，是素描特別刺激有趣的部分。

從你初始階段畫下的概念中，

挑選最吸引人的一個來進行。

有時候，我們很難預測

某個概念做成Logo究竟合不合適、好不好看，

但現階段還不必考慮這個問題。

首先，相信你的直覺。覺得哪個概念最有潛力，就從哪個開始。一開始，所選擇的概念，應為只有最終成品外觀的30%左右。此階段的目標，則是將這個概念發展到接近最終外觀的50%到60%。這時候，你應該有一種感覺，彷彿你正在發現了不起的東西，但你必須先選擇它、琢磨它，並把它變成更平易近人的形狀。

第一步驟，是重繪一次你挑選的概念，作為參考原圖。接下來，再畫一連串相近的草圖。每畫一版，都嘗試一些新的改進，或嘗試某種更好的新作法。在此階段，應該將注意力放在元素間的互動關係，設法達到流暢的配置和平衡的外形。這也是嘗試不同組合方式，或突發奇想作法的機會。

每次畫出一幅新圖，都要和前一幅比較。這個步驟能讓設計師能夠感受到哪些部分有效，哪些部分效果欠佳。不理想的部分應該刪去，或以較理想的部分加以替換。

改善階段的素描演進範例

精修階段

精修是素描最後、最細緻的一個階段。

Logo圖形結構底定後，

利用描圖紙來進一步精雕細琢。

這會讓上一階段採取的作法得到精煉，

使草圖搖身一變，成為更完善的作品。

精修階段的每一步，都要使用描圖紙。先描出初始圖形，然後一再重描，逐步修飾可以更好的地方。這些改進將在每個最終的描圖中顯現出來。應該將好的版本保留下來，改得不好的版本則予以捨棄。

最後達到的造型必須乾淨、精準。進入執行階段後，Logo的整體外觀和感覺不應再大修。精細調整完成後，將終稿拍照或掃描，匯入數位平台執行。匯入的圖像應該清晰銳利、對比鮮明。

準備匯入數位平台的素描終稿

1

2

3

4

162

執行

設計前期的一切郵件溝通、電話聯繫、

視訊會議以及素描固然都很重要，

但若執行階段做不好，

前面的工作做得再出色也是徒勞。

此階段中，設計師必須極有耐心，

以逐步微調的方式，

做出多種版本的Logo加以比較。

也要習慣以最佳實務作法工作：

複製、貼上，再調整。

截至目前為止，我們的設計稿可能都只是幾條鉛筆線構成的，僅能讓你和客戶達成設計方向上的共識。但現在，你必須將素描轉成電子檔，再嘗試還有沒有能微調和改善的地方。將素描匯入Adobe Illustrator或其他繪圖程式，用畫筆工具描圖，建立數位草圖。接下來的微調，是離不開試誤法的一段過程。你可能會發現自己花了好幾小時往某個方向走，最後才發現此路不通。

為了少走一點冤枉路並節省時間，每次改動任何地方前，請先採取以下步驟：複製原本的圖，貼在同一個檔案內，再用新貼上的圖開始修改。每改一處，就複製貼上一次，並將每一版黏貼在上一版旁邊，這樣就能看出Logo設計進展過程。這麼一來，當你意識到某處有問題，就能輕鬆往前尋找，看看問題從何時開始出現。

1. 素描終稿匯入數位平台　　　3. 定義比例
2. 最初描出的圖形　　　　　　4. 定義曲線與造型元素

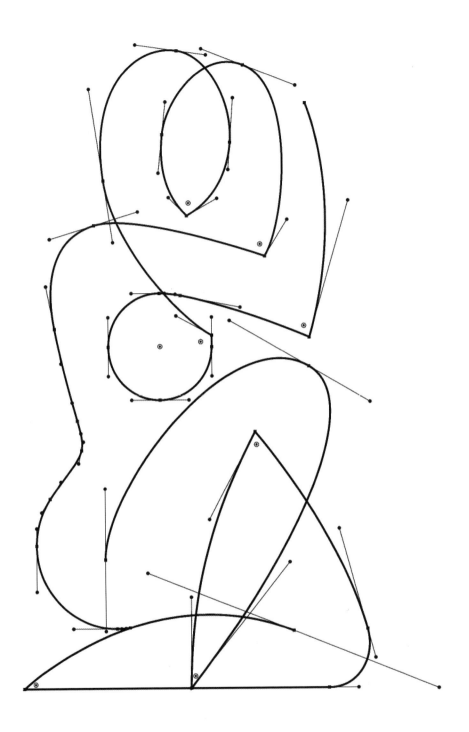

減少錨點、修飾曲線加上平衡比例
後的最終成品

將素描數位化時，你建立的錨點能用來操縱圖形，例如微調人物膝蓋的角度，或將不順的線條修順。錨點威力強大，但應該謹慎使用，過多錨點會令設計看起來參差不齊。偶爾要暫停一下，檢查有沒有多餘的錨點，並刪除任何不必要的錨點。

當你對圖形感到滿意，即可開始最後的工程，也就是繪製網格，這一過程旨在修正、精煉並微調作品中任何不夠完美的地方。這個階段必須使用形狀工具（shape tools），將Logo中的所有形狀修飾一遍。運用橢圓形來檢查曲線是否恰到好處、或用方形確認直角是否完美。最好是讓作品中的每個角度的度數都盡量設定為整數。理由很難解釋，但不是整數的角度會隱約看起來不和諧。同樣地，在確定每種顏色的CMYK四色平衡時，色值也都盡量設置為整數。

Logo對任何品牌塑造都是關鍵，重要性不言可喻。而且因為Logo相對小而單純，設計師完全沒有犯錯空間。在將最終成品寄給客戶前，請進行以下最終確認：

1. 再次檢查錨點，移除所有重複或不必要的錨點。
2. 確認所有角度都準確無誤，尤其是圖形外部邊框周圍的角度。
3. 將所有工作檔存在你自己的電腦裡。
4. 參閱原始合約，確認檔案皆已符合客戶指定的尺寸和格式。
5. 為所有剩餘款項開立發票。

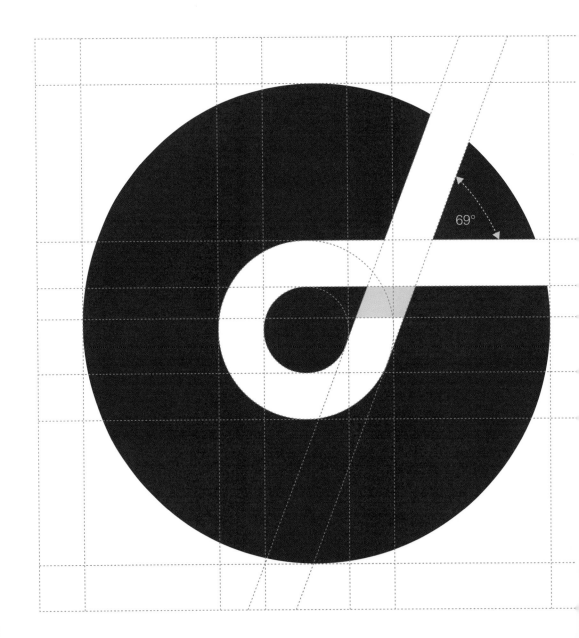

69°

繪製網格

繪製網格是Logo設計的最後環節，

目的是修正、精煉和微調作品中任何不夠完美的地方，

讓Logo盡善盡美。

這項工作中，我們要為作品繪上幾何格線，

檢查是否有哪裡不協調，並修正不協調之處。

繪製網格應於作品完成，已被客戶接受後再開始。

此階段的調整非常細微，旁人鮮少看得出來。

無論設計過程中多麼注意細節，完稿前的作品裡，難免還是找得到小小的不協調。也許元素沒有對齊，或者形狀並非正圓、正方或正確比例，又或者角度有點歪斜、間距不夠平均。

首先，確認該對齊的地方都對齊了。接著檢視Logo，觀察各部分是否都平衡流暢。檢查水平和垂直線，確認線的角度毫無偏差。很多時候，由於我們操作上的小錯誤，角度會跑掉一兩度。若某個角度是43度，務必將之調整至45度。一兩度的差別很少令作品截然不同，但對人的認知能力來說，45度角更為熟悉，因此效果會更好一些。

上述技巧適用於0至90度的線條。例如，若你發現有個角是33.46度，就將其調整為35度。這般嚴謹處理下，作品中的元素都會顯得經過精心設計，沒有任何一處是隨機的產物。

為法國金融科技公司Alpahmaetry
設計的Logo結構網格

次頁：為足球俱樂部設計的海鷗Logo

繪製複雜圖形的網格

若有些元素在網格中無法完美呈現，

就用網格以外自由發揮。

某些有機造型的Logo包含複雜的曲線，

無法以簡單幾何網格處理。

遇到此種情況時，就不需要將複雜元素納入網格裡。

網格是協助設計師調整、對齊元素的工具。但Logo中的某些部分可能過度複雜，不需要與其他元素對齊。讓這類元素保持獨立也沒關係。網格太多會讓Logo顯得很混亂，尤其當多加的網格其實並不必要的時候。

複雜的有機造型中，有些曲線似乎不適合繪製網格。因為它們不是單純由一個圓形或一個橢圓形的弧線構成，而是多個圓形組合而成的。

完成對齊並修正角度後，為Logo中的簡單幾何形狀——圓形、方形、三角形、橢圓形——畫上網格。確認圓形皆為完美的圓形，方形皆為完美的方形。要趁此時尋找並修正任何小瑕疵或小錯誤。在構圖網格裡，各項元素應該根據組成形狀各自置中及彼此對齊。

設計流程

繪製複雜圖形的網格

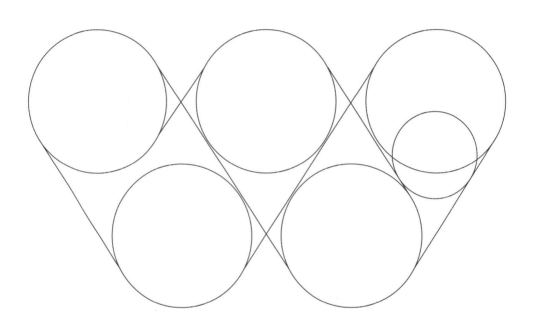

鎖定排版

鎖定排版的階段，

設計師要決定一組Logo元素（標誌、品牌名、標語等等）

放在一起時的相對位置和尺寸。

一旦這些元素被鎖定，就不應拆開使用或隨意修改。

設計師應該為每家品牌設計多款鎖定排版，方便客戶根據不同的媒介、尺寸和用途
靈活運用。例如，一個為信紙設計的鎖定排版，可以包含許多Logo元素。另一方
面，為手機版網頁設計的鎖定排版，可能就只有一個圖標而已。設計尺寸較小的
鎖定排版時，須考慮每個元素的複雜度。太複雜的Logo，縮小後可能看不出是什
麼，在小排版中最好加以簡化。

平衡對鎖定排版設計的優劣至關重要。一個花俏的標誌，應該搭配簡單的無襯線字
體。一個粗體的元素，應該搭配一個細體的元素。平衡會使元素之間視覺對比明
顯，讓人容易單獨觀看各個元素。但所謂平衡，並不是反差愈大愈好，而是要讓各
項元素互相襯托。如果標誌中的某個特殊部分——例如一道弧線——可以用在字體
上，設計師就要構思好的作法，使兩者呈現微妙的呼應。

鎖定排版的工作有時感覺比較枯燥，好像一直在調整很難說重不重要的小細節。字
體加粗一點點、字距拉寬一點點，多數人或許也看不出明顯差別。然而，這些差異
正是區分你是優秀設計師，還是卓越設計師的真正所在。隨著經驗累積，注意這類
細節會變成你的第二天性，做起來也更不費時。

Min.io雲端服務（鎖定的排版）　　次頁：ACT數據研究　　次次頁：喬治亞鐵路公司
　　　　　　　　　　　　　　　　　　　　　　　　　　　（鎖定的排版）

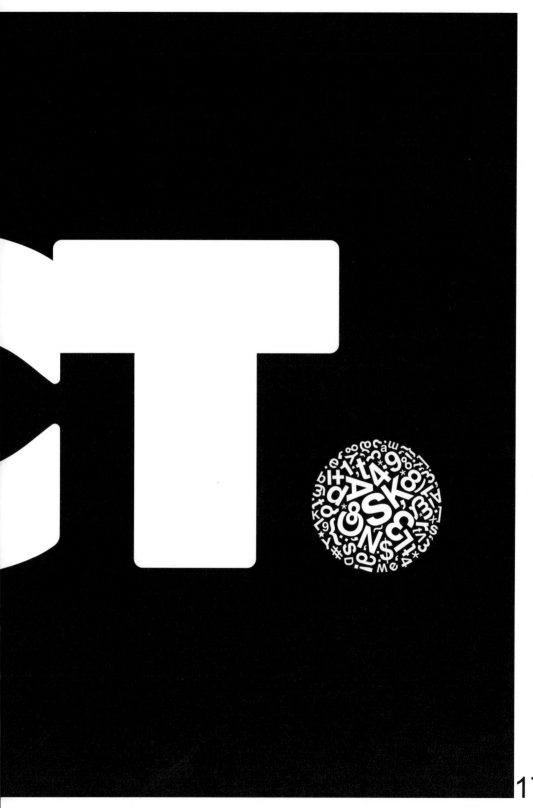

**Lockup of the Symbol and
the Type**

The corporate signature consists of the sybol
and the logotype in a balanced relationship.
Neue Haas Unica was selected as a typeface
for the English version of the logotype. The
Georgian version of the typeface was created
in accordance with the principles of Neue
Haas Unica.

The cap height of the type is same size as
the thickness of the horizontal blocks of the
monogram. No changes are allowed in the
spaing, the letter form, or the proportions of
the logotype

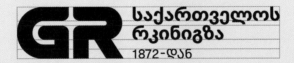

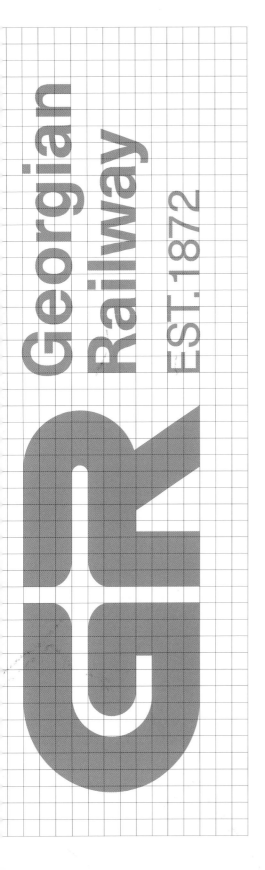

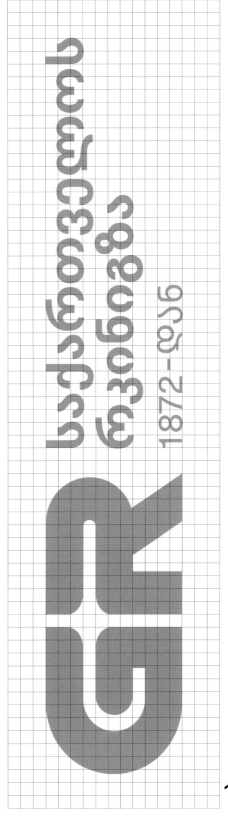

Chapter 5
呈現

Kourtney Parra
(407) 878-5542
226 Washington Ave
Lake Mary, Florida(FL)

kourtney
@aiera.com

Date:
03.07.2019

To:
Scott Rivera
scott.r@hello.com

Lorem ipsum dolor sit amet, consectetur adipiscing elit. Nullam euismod ac dui a
vestibulum. Aenean eleifend malesuada est nec dictum. Nullam ac vehicula dui,
et maximus nisi. Nulla rutrum lorem mattis interdum rutrum. Nam dolor turpis,
blandit ac nunc scelerisque, pulvinar dignissim est.

Nunc ut augue ac sapien ultrices consequat. Suspendisse mollis faucibus neque.
Nullam cursus lectus et justo fringilla, quis sodales mi semper. Sed facilisis purus
eget tellus suscipit tempus. Donec eu mauris commodo, tempor risus vitae, ulla-
mcorper leo. Praesent tincidunt scelerisque laoreet. Duis cursus lacus dolor, vitae
lacinia metus pellentesque vitae. Ut molestie libero ipsum, at convallis sapien
pulvinar et. Mauris dignissim nisi vitae lacus venenatis.

Integer neque nisl, congue quis leo eget, accumsan accumsan ipsum. Nunc grav-
ida facilisis massa non fringilla. In iaculis nulla a velit gravida iaculis. In nulla
dolor, sodales a maximus quis, euismod tristique dui. Donec ultrices metus non
felis condimentum iaculis. Morbi egestas porta dui, sit amet consequat libero
malesuada nec. Aenean id ex in nunc interdum porta et et purus. Proin ac elit
varius, scelerisque risus eget, tempor lectus. Etiam placerat facilisis arcu, at lob-
ortis dolor. Quisque condimentum pretium libero vitae lobortis. Proin posuere
porttitor nibh, vel hendrerit felis porttitor nec.

Morbi eleifend auctor varius. Quisque nisi eros, commodo nec mollis at, tempus
at eros. Proin mollis dolor et quam rutrum.

Kourtney

Kourtney Parra
Building Architect
Partner

226 Washington Ave
Lake Mary, Florida(FL)

(407)
878-5542

kourtney
@aiera.com

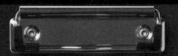

Kourtney Parra
Building Architect
Partner

226 Washington Ave
Lake Mary, Florida(FL)

(407)
878-5542

kourtney
@aiera.com

簡報

一個Logo設計案通常須進行三次簡報。

其中的第一次簡報，

設計師會為客戶提出三款Logo初步設計草案，

其中Logo都還不是最終狀態。

我個人喜歡提出以灰階呈現，

完成度約80%的Logo作為草案。

第一次簡報也是設計師與客戶交換想法，

討論任何顧慮、點子或感想的時機。

這個階段，設計師必須引導討論的重點，避免客戶一心想用Logo傳達深奧的品牌理念。傳達深奧理念需要更多敘事能力，並不是Logo能辦到的。重點應該擺在如何用最一目了然的方式，快速、簡單地傳達關於品牌的一些訊息。

給AI技術公司Aiera的形象文具模擬照，2020.6

次頁：給加密貨幣交易平台Mega-Bridge的形象文具模擬照，2021.4

Meera Von Caghan
Law Advisor/CEO
Partner

+61
03 7010 5678

889 BU st Melbourne,
VIC, Australia 9000

meera
@megabridge.com

Date:
01.08.2021

To:
Zakariya Thomas
zakariya@hello.com

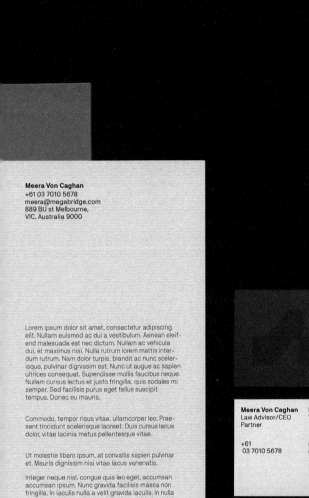

Meera Von Caghan
+61 03 7010 5678
meera@megabridge.com
889 BU st Melbourne,
VIC, Australia 9000

Lorem ipsum dolor sit amet, consectetur adipiscing. elit. Nullam euismod ac dui a vestibulum. Aenean eleifend malesuada est nec dictum. Nullam ac vehicula dui, et maximus nisi. Nulla rutrum lorem mattis interdum rutrum. Nam dolor turpis, blandit ac nunc scelerisque, pulvinar dignissim est. Nunc ut augue ac sapien ultrices consequat. Supendisse mollis faucibus neque. Nullam cursus lectus et justo fringilla, quis sodales mi semper. Sed facilisis purus eget tellus suscipit tempus. Donec eu mauris.

Commodo, tempor risus vitae, ullamcorper leo. Praesent tincidunt scelerisque laoreet. Duis cursus lacus dolor, vitae lacinia metus pellentesque vitae.

Ut molestie libero ipsum, at convallis sapien pulvinar et. Mauris dignissim nisi vitae lacus venenatis.

Integer neque nisl, congue quis leo eget, accumsan accumsan ipsum. Nunc gravida facilisis massa non fringilla. In iaculis nulla a velit gravida iaculis. In nulla dolor, sodales a maximus quis, euismod tristique dui. Donec ultrices metus non felis condimentum iaculis. Morbi egestas porta dui, sit amet consequat libero malesuada nec. Aenean id ex in nunc interdum porta et et purus. Proin ac elit varius, scelerisque risus eget, tempor lectus. Etiam placerat facilisis arcu, at lobortis dolor. Quisque condimentum pretium libero vitae lobortis. Proin posuere porttitor nibh, vel hendrerit felis porttitor nec.

Morbi eleifend auctor varius. Quisque nisi eros, commodo nec mollis at, tempus at eros. Proin mollis dolor et quam rutrum, eget sodales nisi pretium. Ut inter-

889 BU st Melbourne,　　www.megabridge.com
VIC, Australia 9000　　+61 03 9832 7677

Meera Von Caghan　　889 BU st Melbourne,
Law Advisor/CEO　　VIC, Australia 9000
Partner

+61　　meera
03 7010 5678　　@megabridge.com

要怎麼簡報作品，最終取決於你的喜好。但人們對Logo設計簡報也有一些一致的期待。你的第一張投影片上應列出客戶公司大名、所有參與的設計師姓名、專案名稱以及日期。第二張投影片則簡單介紹你的工作室，以及對專案的整體見解。

第三張投影片，我就會開始分享Logo草案。簡報在此階段，我總是只用灰階呈現設計。每款設計，我都會先展示一張全尺寸的Logo圖，並附上概念說明。之後再展示五至六張實品模擬照，讓客戶有時間習慣此款Logo造型。模擬照呈現的設計物，應挑選適合客戶公司的實用物件。例如茶杯的模擬照，可用於給咖啡店的提案，但不適合給健身房。各項設計物的風格也最好也別差太遠。

客戶選出喜歡的草案，並給予初步回饋後，我們就要開始為Logo上色。挑選顏色時，我通常會調查其他競爭品牌的Logo用色，盡可能不與他們撞色。有些客戶對顏色有強烈的偏好，這種時候，我會直接配合他們的喜好。一般來説，若Logo設計夠簡潔，你要考慮的顏色數量和顏色組合都會比較少，處理起來比複雜Logo容易。

決定顏色後，設計師必須建立適用於不同背景（彩色及單色）的Logo工作檔。最後輸出的檔案格式，應包括ai、pdf、eps，以及高解析度的jpg與png。這五種選項對任何案件而言都足夠了。

給加密貨幣交易平台Mega-Bridge的
帽T模擬照

Business Card
(English Version)

Business card layout shall be constructed in accordance to given template. Print file will be attached to the ACT Brand Guidelines for further use.

Name/Surname	Helvetica LT std (Black).
Position/Info	Helvetica LT std (Black).
Contacts	Helvetica LT std (Bold).

SKY WALKER   Executive Producer

sky@wearefevr.com
768 E 77rd St, New York, NY
90710 +1 213-710-5805

品牌手冊

多數客戶，例如許多資源有限的新創企業，

不會要求設計師製作品牌手冊或使用說明。

事業發展初期，

有些公司不會意識到品牌手冊的內在價值。

但對於已有一定規模、預計透過各種管道宣傳品牌的企業而言，

一本品牌手冊是絕對必要的。

大品牌通常會明智地進行這項投資。

品牌手冊可以包括許多部分，

以下我們將聚焦在其中六個部分。

品牌手冊能幫助客戶分辨品牌視覺素材，了解印刷用及數位用的檔案格式之別。即使客戶的宣傳需求極小，最基本的設計案，也會提供Logo適用於不同背景色的版本，每個版本又各自有印刷用與數位用的檔案。然而，許多客戶並不知道何時該用哪個檔案，結果可能誤拿數位用的檔案去製作紙本資料。

為動態影像工作室FEVR設計的名片

Kerning

The rectangle grid was used as the basis of the construction of the symbol. the space between letters 'e' and 't' was chosen as an x unit. Spacing between other letters were composed in accordance to the chosen x unit.

●europebet

3x   2.5x   3x   x   2.5x   2x   2.5x   2x   x

Logo使用規範

Logo使用規範是品牌手冊最重要的部分，

我建議每個品牌都要制定。

這份使用說明應該明確說明

在何時以及如何在最常見的背景上使用Logo——

黑背景用白色版、白背景用黑色版、彩色或圖樣

或影像背景有其專用版本等等。

此外，也須提醒客戶注意Logo設計及使用上相關的常見問題。

字距

如果Logo包含文字，就必須註明多種用途下應採用的文字間距。舉例來説，若用
Helvetica字體打出「Coca-Cola」，字距原本就看起來很平衡，印出來不會有什麼
問題，但並非所有字體的初始設定都如此平衡。而且針對不同用途，字距也會需要
調整。例如，一個適用於書籍封面的字距，不一定能套用在其他地方。因此，設計
師需要隨時留意Logo運用在各種地方時，字距有無需要調整，讓整體看起來更加
均勻。

過去四十年來，拜科技進步之賜，調整字距變得很容易了。不過這些重要的間距

給博弈網站Europebet的字距說明

Logotype: Incorrect Uses

The examples shown below illustrate some incorrect uses of the logotype:

The logotype is designed to be shown free-standing horizontally against a solid neutral background. The logotype must not be altered or distorted in any way. The effectiveness of the logotype depends on consistently correct usage as outlined in this manual.

1. The logotype should never be shown outlined.
2. The logotype must never be placed within another outline shape, such as a box.
3. Do not change the logotype colors.
4. Do not use the blend tool.
5. Do not change an angle of the logotype.
6. No patterns should be used within the logotype.

1

2

3

4

5

6

細節仍有必要寫進使用說明裡，因為你永遠不知道客戶何時會需要。例如，Euro-pebet曾經需要做一塊放在大樓樓頂的招牌，尺寸約有20公尺之寬。他們得換算Logo做成那麼大的時候，字距該留多少，幸運的是，相關數字在Logo使用規範裡就能找到。

注意事項

我通常會在Logo使用規範中放入一節「注意事項」，解釋正確與不正確的使用方式。這是因為企業內部的設計師經常會隨意修改Logo——旋轉元素、調整角度或添加效果等——我希望說明定稿的Logo不應做任何修改。這一節中的建議，也可以協助企業設計師用修改以外的方式，有創意地運用Logo。

最小尺寸

有些Logo一旦縮得太小，就會看不清楚或糊成一團。設計師須先在工作室裡測試一番，找到Logo特徵仍然清楚的最小尺寸，並將此尺寸註記在使用說明中。譬如，假設Logo縮小到3公釐以下就會開始看不清楚，就要述明無論在數位平台或印刷品上，Logo都不能小於這個尺寸。

留空區域

留空區域是Logo周圍必須空出來、不能與其他視覺元素混在一起的區域。Logo若要清晰有力，就必須和周圍明確分開。如果有其他Logo、插圖或視覺元素擠進這個區域，看起來不會賞心悅目。留空區域應以Logo的某個元素界定。此處的例子裡，我們用Logo中一個圓形的半徑來界定留空區域。（若定為某個固定數值，例如以十公分的Logo來衡量，則Logo放到很大時，留空區域會不夠。）

給數據研究公司ACT的注意事項　　　次頁：給Georgia Made by Characters（2018法蘭克福書展主題國喬治亞）的最小尺寸與留空區域說明。

For legibility reasons, a minimum size at which the logo may be reproduced is recommended, the logo should never be any smaller than 4 millimeters.

23mm

Georgia
Made by Characters
Guest of Honour
Frankfurter Buchmesse 2018

17mm

Georgia
Made by Characters
Guest of Honour
Frankfurter Buchmesse 2018

12mm

Georgia
Made by Characters
Guest of Honour
Frankfurter Buchmesse 2018

8mm

Georgia
Made by Characters
Guest of Honour
Frankfurter Buchmesse 2018

4mm

The 'exclusion zone' refers to the area around the logo which must remain free from other copy to ensure that the logo is not obscured. The signature must be always surrounded by a minimum amount of "breathing space". No text, graphic, photographic, illustrative or typographic element must encroach upon this space.

have a margin of clear space on all sides around it equal to the x height of the chosen typography. No other elements (text, images, other logos, puppy GIFs, etc.) can appear inside this clear space.

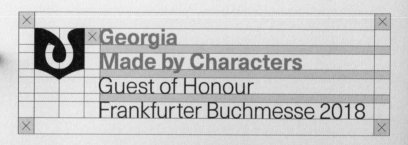

Secondary Colors

Secondary brand colors were selected in relation to the primary Europebet orange so that vibrantcy and distinctness is maintained throughout various mediums.

R:60 G:205 B:0

R:250 G:170 B:65

R:240 G:90 B:40

R:230 G:105 B:170

R:235 G:0 B:140

R:150 G:40 B:140

R:140 G:100 B:170

R:10 G:120 B:190

R:0 G:165 B:225

R:75 G:190 B:150

R:170 G:219 B:110

R:230 G:230 B:40

背景色

如果一個Logo是粉紅或橘色，我們永遠不會建議客戶用藍色當背景。因為藍色不是互補色，只會降低Logo醒目度。Logo使用規範中，也應該設法定義最能突顯Logo的幾種背景色，以及最好排除其他顏色的留空區域大小。

主色與輔色

每個品牌都有至少一個主色，很多時候，客戶也需要知道有哪些輔色適合搭配主色。無論你在為品牌挑選主色、輔色，還是兩者，都應提供客戶CMYK色碼、RGB色碼、Hex色碼以及Pantone色號。

有些品牌就只有單單一個主色，例如大通銀行無所不在的藍色。但某些設計除了主色，還需其他顏色輔助，比如室內裝潢或印刷品。輔色通常會選擇和主色互補、比較強烈、飽和的顏色（在設計中只占5%到10%）。如此能使印刷品看起來有變化，或為設計加入亮點。

品牌手冊中，應列出四到五種與主色互補的輔色，方便客戶自由運用。在此例中，雖然客戶未要求，但我為其線上博弈平台多建議了幾種可用於品牌的霓虹輔色。一般提供的輔色數量不會這麼多，不過此案件的需求恰好就是色彩繽紛。

如果你沒有Pantone色票能參考，可利用Adobe Illustrator中的簡易轉換工具，將CMYK色碼轉換為Pantone色號。若客戶資源充裕，投資一本Pantone色票或色卡非常值得，我對我的客戶都是如此建議的。Pantone的顏色更好看、更乾淨，色票不會褪色，在尚未乾燥的情況下，也不會染到其他紙張。若有預算，Pantone是品牌選色的參考首選。

給博弈網站Europebet的建議輔色

Neue Haas Unica Pro 45pt regular

1234
5678
90

字體

多數案例中，品牌字體和Logo字體是兩碼子事，但並非沒有例外。我大部分會建議客戶指定一款單純的無襯線字體作為品牌代表字體。這類字體是中性的，使用容易，而且多數裝置已有內建，亦即不必另外購買。品牌字體一定要單純且容易閱讀。同樣的，指定的內文字體必須是中性的無襯線字體。品牌也需要指定一款標題字體，用於海報、手冊或其他印刷品封面。這部分，設計師有較多自由發揮的空間，可選擇你判斷最能與內文產生適當對比的字體。

網格

為品牌製作網格時，InDesign是最佳工具。版面宜設定為A4或美國信紙尺寸（US letter size）。網格愈接近正方形，網格的功能就愈彈性靈活。若格子中有更多矩形或其他形狀，挪動視覺元素或文字的選項就會比較少。正方形網格則沒有這種問題。邊界（margins）和間隙（gutters）的設定值也應該思考後，選用合適的值，而不是直接套用InDesign的預設值。

底框

關於Logo底框，我們在第三章有過比較詳細的討論。在品牌手冊的脈絡下，提醒客戶底框的比例應與Logo的比例相似是很重要的。換言之，如果LOGO是正方形，底框應該是大一點的正方形；若LOGO更接近長方形，底框應該更接近長方形。（正方形LOGO搭配長方形底框，或長方形LOGO搭配正方形底框，都會使LOGO周圍出現太多空白，令觀者分心。）

為Georgia Made by Characters（2018法蘭克福書展主題國喬治亞）設計的數字字體

次頁：為喬治亞鐵路公司設計的 Logo底框

Logotype on Different Backgrounds

The Georgian Railway corporate color is red (Pantone 48-8 U). Whenever the application (Pantone 48-8 U). Whenever the application logo should appear red on white, or white on red. If red is not available, the logo may be black on white, or white on black. Contrast must always be sufficient.

When reproducing the logotype for print on photographic background, care must be taken to ensure that the area surrounding the logotype is tonally even and either sufficiently light or sufficiently dark to ensure the logotype is legible.

Business Card
(English Version)

Business card layout shall be constructed in accordance to given template. Print file will be attached to the ACT Brand Guidelines for further use.

Name/Surname	15pt, FF Mark (Heavy).
Position/Info	9pt, FF Mark (Regular).
Contacts	9pt, FF Mark (Bold).

3mm   3mm   3mm   3mm

3mm

Ketevan Gaprindashvili
Regional Coordinator
Imereti-racha/lechkhumi-kvemo svaneti

Mobile:	(+995 577) 77 69 77
E-Mail:	k.gaprindashvili@act-global.com
Address:	8 Jon (Malkhaz)
	Shalikashvili str.
Web:	www.act-global.com

3mm

Ketevan Gaprindashvili
Regional Coordinator
Imereti-racha/lechkhumi-kvemo svaneti

Mobile:	(+995 577) 77 69 77
E-Mail:	k.gaprindashvili@act-global.com
Address:	8 Jon (Malkhaz)
	Shalikashvili str.
Web:	www.act-global.com

形象文具設計說明

目前最熱門、最多品牌會委託設計的三種形象文具，分別是名片、信紙與資料夾。過去很多公司會設計專用信封，但由於寄送實體信件的公司愈來愈少，近幾年，對信封設計的需求有銳減的趨勢。

名片

名片一定要使用品牌字體。畢竟指定品牌字體，就是為了用在所有代表品牌的文字上。名片正面應該要乾淨，沒有太多視覺元素，只列出客戶要求的資訊。名片愈簡潔，愈能一目了然，溝通起來也會更快。名片版面很小，如果塞太多資訊，有時會很難閱讀，甚至讓人覺得有點吃不消。

理想的名片正面，應印有姓名、職稱、電話（若希望提供）及電子信箱。有些客戶傾向將公司地址印在名片上，但這類資訊可以輕易在公司官網上查到，不如建議客戶別放地址，或改將公司網址放在名片背面。如果品牌形象有代表性的圖樣，將圖樣印在名片背面，沒有的話，採用品牌主色就對了。

廉價印刷的名片，絕對無法做出好質感。在說明中建議客戶選用較厚的紙張，並為名片上膜或上光（增加耐用度），亦可考慮壓紋。名片雖小，卻能大大影響拿到它的人對品牌的觀感。

信頭

儘管仍有些公司堅持自行印製信頭，但並非所有公司都有雷射印表機。在說明中，可鼓勵客戶盡量委託印刷廠處理，以取得質感最好的成品。信紙標頭能運用的空間

為數據研究公司ACT設計的名片

Invoice

Invoice layout shall be constructed in accordance to given template. Print file will be attached to the ACT Brand Guidelines for further use.

比名片大，品牌可以藉機展示更多資訊。信頭背面不應印刷任何東西，否則顏色會透到正面，除非紙質特別厚。簡約、乾淨的設計最好。

資料夾

製作品牌形象資料夾，需要由設計師主導：設計師不只負責平面設計，也要監督實物的設計。有些線上資源提供這種功能，但還是交給設計師操刀較好。（實際上操刀的常常是雷射切割機，不過意思是一樣的。）

有些設計師可能做了一輩子設計，也從來不需處理品牌手冊。但制定品牌手冊的效益無窮，值得品牌投入資源製作，以及設計師細心撰寫。

為數據研究公司ACT設計的發票　　次頁：為喬治亞鐵路公司設計的車票

International Tickets

საქართველოს რკინიგზა

ticket 1

სამგზავრო დოკუმენტი Ticket Проездной документ   № _____

მატარებელი	თარიღი	დრო	ვაგონი	კლასი	ადგილი	ფასი	დოკუმენტის სახე
🚆	📅	🕐	🚋		🚶	₾	
Train Поезд	Date Число	Time Время	Carriage Вагон	Class Класс	Seat Место	Price Стоимость	Ticket type Вид документа

1

GR საქართველოს რკინიგზა 1872-1914

ჩასვლა Arrival Прибытие

---

ticket 2

სამგზავრო დოკუმენტი Ticket Проездной документ   № _____

მატარებელი	თარიღი	დრო	ვაგონი	კლასი	ადგილი	ფასი	დოკუმენტის სახე
🚆	📅	🕐	🚋		🚶	₾	
Train Поезд	Date Число	Time Время	Carriage Вагон	Class Класс	Seat Место	Price Стоимость	Ticket type Вид документа

2

GR საქართველოს რკინიგზა 1872-1914

ჩასვლა Arrival Прибытие

---

ticket 3

სამგზავრო დოკუმენტი Ticket Проездной документ   № _____

მატარებელი	თარიღი	დრო	ვაგონი	კლასი	ადგილი	ფასი	დოკუმენტის სახე
🚆	📅	🕐	🚋		🚶	₾	
Train Поезд	Date Число	Time Время	Carriage Вагон	Class Класс	Seat Место	Price Стоимость	Ticket type Вид документа

3

GR საქართველოს რკინიგზა 1872-1914

ჩასვლა Arrival Прибытие

გისურვებთ სასიამოვნო მგზავრობას

სისტემით დროებითმა მიმართულებით ად ქვეყნის დროს, საიდანაც ხდება მატარებლის გასვლა.
შეამოწეთ მატარებლის გასვლის თარიღი და დრო.

მგზავრობისთვის მგზავრმა კვარში გამოცურვის მანდატური სისტემით დროებითმა და პიროვნების დამადასტურებელი საბუთი, ხოლო შეღავათის მქონებელს – შესაბამი სიღავათები.

მგზავრ უფლება აქვ ერთი სისტემით დროებითმა ერთერთ გამოცურეს ამოცნობა ად ექ მისი სატომული, რომლის საერო სამი გაზომვისეობით ად იყვიფება 180 სმ.

სისტემით დროებითმა დავარცვა ად დახარშდი მგზავრების მიერ ამოცნი დაუბრუნება და დ(...) დაფურების ად ისხელცემული.

გამოუყენებელი სისტემით დროებითმა ამოცნობა მიუღდი, მიღებულა ად პიროვნების გამოცნობა.

გამოუყენებელი სისტემით დროებითმა ად ისხელცემული სამზრუნებს სამრახობა ად ისხელცემული.

 საქართველოს რეინიტრა 1872-1938

Have a nice trip

Please note that departures are indicated in local time. Please check the date and time of departure.

Passengers when boarding the train should present a valid ticket to the conductor and a document proving their identity, or documents confirming the right to discounts if the passenger is entitled to such privileges.

Every passenger is entitled to bring aboard luggage not exceeding 36 kg in weight. The sum of the hand luggage's three dimensions must not exceed 180 cm.

Lost, damaged, or stolen tickets are non-refundable and cannot be exchanged.

Unused ticket may be returned only by the person registered in the ticket, based on the identity insurance card.

Unused tickets should be returned to a ticket office the train passes, in accordance with the relevant national rules of the railway service.

დაჭელით: © 50 „საქართველოს რეინიტა"
დამმუშავდეს: 905 „პოლიიგრაფია" „ა.ფ.ს."
#58-3838

Желаем приятной поездки

На проездном документе указано время отправления поезда, действующем на железной дороге государства отправления. Проверьте дату и время отправления поезда.

При посадке в поезд необходимо иметь проездной документ и документ удостоверяющий личность, а при наличии льгот – документ подтверждающий право на льготный проезд.

Пассажир имеет право перевезти с собой на один проездной документ ручную кладь весом не более 36 кг, размер которой в сумме трех измерений не превышает 180 см.

Утерянные, испорченные пассажирами проездные документы не восстанавливаются и уплачиваются их сумма не возвращается.

Неиспользованный проездной документ принимается к возврату только от пассажира на имя которого оформлен документ, при предъявлении документа удостоверяющего личность пассажира.

Возврат неиспользованных проездных документов производится в билетных кассах пути следования поезда, согласно правилам соответствующей железной дороги.

გისურვებთ სასიამოვნო მგზავრობას

სისტემით დროებითმა მიმართულებით ად ქვეყნის დროს, საიდანაც ხდება მატარებლის გასვლა.
შეამოწეთ მატარებლის გასვლის თარიღი და დრო.

მგზავრობისთვის მგზავრმა კვარში გამოცურვის მანდატური სისტემით დროებითმა და პიროვნების დამადასტურებელი საბუთი, ხოლო შეღავათის მქონებელს – შესაბამი სიღავათები.

მგზავრ უფლება აქვ ერთი სისტემით დროებითმა ერთერთ გამოცურეს ამოცნობა ად ექ მისი სატომული, რომლის საერო სამი გაზომვისეობით ად იყვიფება 180 სმ.

სისტემით დროებითმა დავარცვა ად დახარშდი მგზავრების მიერ ამოცნი დაუბრუნება და დ(...) დაფურების ად ისხელცემული.

გამოუყენებელი სისტემით დროებითმა ამოცნობა მიუღდი, მიღებულა ად პიროვნების გამოცნობა.

გამოუყენებელი სისტემით დროებითმა ად ისხელცემული სამზრუნებს სამრახობა ად ისხელცემული.

 საქართველოს რეინიტა 1872-1938

Have a nice trip

Please note that departures are indicated in local time. Please check the date and time of departure.

Passengers when boarding the train should present a valid ticket to the conductor and a document proving their identity, or documents confirming the right to discounts if the passenger is entitled to such privileges.

Every passenger is entitled to bring aboard luggage not exceeding 36 kg in weight. The sum of the hand luggage's three dimensions must not exceed 180 cm.

Lost, damaged, or stolen tickets are non-refundable and cannot be exchanged.

Unused ticket may be returned only by the person registered in the ticket, based on the identity insurance card.

Unused tickets should be returned to a ticket office the train passes, in accordance with the relevant national rules of the railway service.

დაჭელით: © 50 „საქართველოს რეინიტა"
დამმუშავდეს: 905 „პოლიიგრაფია" „ა.ფ.ს."
#58-3838

Желаем приятной поездки

На проездном документе указано время отправления поезда, действующем на железной дороге государства отправления. Проверьте дату и время отправления поезда.

При посадке в поезд необходимо иметь проездной документ и документ удостоверяющий личность, а при наличии льгот – документ подтверждающий право на льготный проезд.

Пассажир имеет право перевезти с собой на один проездной документ ручную кладь весом не более 36 кг, размер которой в сумме трех измерений не превышает 180 см.

Утерянные, испорченные пассажирами проездные документы не восстанавливаются и уплачиваются их сумма не возвращается.

Неиспользованный проездной документ принимается к возврату только от пассажира на имя которого оформлен документ, при предъявлении документа удостоверяющего личность пассажира.

Возврат неиспользованных проездных документов производится в билетных кассах пути следования поезда, согласно правилам соответствующей железной дороги.

收費

Logo設計案的收費，取決於案件的架構。
你需要為客戶提供幾款草案？預定時程？設計稿可以修改幾次？

我建議每個案子，為客戶提出三個草案就好。即使你這段時間已經發展了五個、十個概念，也最好擇優呈現，避免選擇過多，令客戶眼花撩亂。與其呈現一打粗糙的概念，不如呈現三個充分發展的概念。提供太多草案，也可能被解讀為你對你的設計沒自信。

設計師開始接案時，心裡應該清楚自己的基本收費，以及發展出一個概念需要花多久時間。剛入行的設計師，我建議可以將基本收費，設定為你提出一個概念的大致時間成本。每個案子的最終收費，則以基本收費和你的時薪來計算。你的時間是很寶貴的，這點必須反映在你的收費標準中。

有經驗的設計師，建議可以針對案件，事前講定價格，收取固定費用。資深設計師憑藉多年累積的知識，有時快速靈光一現，就能產出優異的概念。用時薪來計酬就不合理了。

有些客戶會自己開出預算。若你剛入行，可參考客戶的預算來決定收費，並評估在該預算下，你提供的設計服務能包括哪些內容。此外，也可以視客戶類型，採用不同的收費標準。譬如，為新成立或小規模的企業設計Logo，酬勞通常比較低。為中型企業設計Logo的費用會高一些，已經奠定聲望的大企業則又更高。

我有時會出於熱情，接下低於我平時價碼的工作。這對我而言很重要，因為這些公司做的事令我欣賞，或案件很特別、很有挑戰性。對於這類案子，我建議還是定出一個最優惠的基本價，但若客戶沒有預算，用其他公平方式來交換服務亦無不可。比如説，一家你看好的新創公司，或許可以用股權來交換你的設計。當然，你大概不會因此變成大股東，但偶爾和幾家公司這樣合作，也可能累積成一筆不錯的被動收入。

收費方面，最需要銘記的一點，是你的收費一定要隨著資歷成長。你接過的案件愈多，對一個新案件所需的工作量以及客戶對費率的期望也會愈有概念。如果客戶總是二話不説就接受你的報價，那可能表示你收費太便宜了。

每完成一件案子，就試著把自己的價碼提高一點點，以便了解人們願意為你的作品出多少錢。舉例來說，當你手上已經忙著多個案子，又有新客戶來詢價的時候，你可以報一個比平時高不少的價格。若客戶沒接受，你也不會有什麼損失，因為你本來就有其他案子了。若客戶接受了，你就得累一點，但也會因此更明白自己作品的市場價值。工作量太大的時候，你永遠可以委託信賴的設計師協助處理部分工作，例如前期的構思或素描。但執行、精修和指導方向的必須始終是你自己，對客戶才公平。

你也可以偶爾無酬接案，例如為親友，或非營利組織設計Logo。假如你剛入行，案件和委託人又有趣，更可以考慮無酬幫忙。畢竟，設計品牌形象是件十分愉快的工作。何況增加作品曝光度，對事業發展愈有利。

設計工作室

身為設計人，如果我們真正把自己視為創作者，
就必須為自己打造舒適的創作空間。
這樣的空間裡，我們才可能長時間全神貫注，
設計出最棒的作品。

好的創作空間，應該是一個讓你的大腦覺得像窩的地方，一個你想創作就會去的地
方。我總是建議設計師做我自己做過的事：把賺到的第一筆錢拿來投資一間設計工
作室。這是對我們往後的心理健康和工作效率最有益的投資了。

設計工作室不能堆滿無意義的東西。它必須是個設計人的家，也就是說，裡頭應該
充滿──而且只有──有設計感的物件。把你最愛的椅子、最愛的桌子、最愛的書
以及其他有用的東西都搬去，營造出一個你能以設計人的身分自在悠遊的環境。

建立一間工作室不一定需要花大錢。如今，要打造一個充滿好設計品的空間，已經
比從前平價許多。只要你用自己的方式、針對自己的需求，布置出一個令自己感覺
不一樣的空間，效果就會反映在創作的質與量上。

要提升在工作室的創造力，裡面一定要有你喜歡的工具，也就是你最愛的鉛筆、削
鉛筆器具、素描本和描圖紙要庫存充足。這四種工具是Logo設計師隨時需要的四
寶。要找到你最喜歡的可能需要花點時間，但找到之後，就讓它們成為你工作室裡
的常備品。

喬治・博庫亞工作室　　　　次頁：藏書室一景，喬治・博庫亞工作室

一般而言，我會給予以下建議：

尋找可靠的公司出產的鉛筆。好的鉛筆應該聞起來很香，素描時不會把紙張帶起來。確定筆桿的材質是好木頭，筆芯為高品質的石墨。

選擇夠輕、便攜的素描本，或者挑選兩三種不同的素描本，一本口袋型的出門用，大一點的放在工作室。

選用較厚的描圖紙，例如100gsm（約94磅）的描圖紙。我從經驗發現，用厚描圖紙做出來的圖形乾淨許多、拍照清楚。而且比較方便移來移去，不必擔心弄皺或變形。

除了對你有意義的物件和你愛用的工具，最後一點，是確保在工作室中，你被各種靈感泉源圍繞。例如你鍾情的音樂或你欣賞的畫。它們都會讓設計工作室更像是你創作上的家。

繪畫室一景，喬治・博庫亞工作室

關於作者

喬治・博庫亞是一位Logo設計師，深耕識別設計及發展領域已超過15年。他的客戶遍及全球，包括新創小企業到迪士尼、Sonic、New Balance、《Wired》雜誌、NFL美國職業橄欖球大聯盟……等知名品牌。

博庫亞以千錘百鍊、簡潔明快的風格聞名，他對網格系統及幾何形狀的使用也廣獲欣賞。他在Skillshare教學網站上開有3堂熱門課程，教授他的設計手法。

博庫亞現居喬治亞首府提比里斯市。你能在Instagram帳號george_bokhua上找到他的更多作品。

IG

攝影：Holger Mentzel

致謝

本書獻給我的女兒Ana，以及我的父母Manana Vekua與Merab Bokhua。若不是他們兩人對我的栽培和鼓勵，我不會有動力走到今天這裡。

感謝Maria Akritidu協助本書排版，Gika Mikabadze提供第一章「Logo只是Logo嗎？」、「1.618033」、「規則必要嗎？」、「少即是多？」的參考文章。也特別感謝Natia Lursmanashvili支持著我完成這本書。

索引